文学书馆

当代中国

突然有了乡愁

应志刚　著

中国文联出版社

图书在版编目（CIP）数据

突然有了乡愁 / 应志刚著. -- 北京：中国文联出版社，2016.10（2023.3 重印）

ISBN 978-7-5190-2199-3

Ⅰ.①突… Ⅱ.①应… Ⅲ.①散文集—中国—当代 Ⅳ.①I267

中国版本图书馆 CIP 数据核字（2016）第 245142 号

著　　者　应志刚
责任编辑　周　欣
责任校对　李佳莹
装帧设计　中联华文

出版发行　中国文联出版社有限公司
地　　址　北京市朝阳区农展馆南里 10 号　　邮编　100125
电　　话　010-85923025（发行部）　　85923091（总编室）
经　　销　全国新华书店等
印　　刷　三河市华东印刷有限公司

开　　本　880 毫米×1230 毫米　1/32
印　　张　8
字　　数　172 千字
版　　次　2023 年 3 月第 1 版第 2 次印刷
定　　价　75.00 元

目录

一、南方早晨

天光从一小方空当透进来，落在地面，方寸之间霎时亮堂起来。

不知名的蕨类，仿若是受了召唤，疯了心地舒展叶脉。蜈蚣从潮湿的地上醒来，长长的须子碰了碰瓦松的枝干，知晓不是狩猎的对象，懒懒地挪动密密麻麻的脚往别处去。

南方人家的早晨从潮湿中醒来。

打哈欠、刷牙、叫唤贪睡的孩子起床的声音此起彼伏；有人上楼，有人下楼，嘭嘭咚咚的脚步声；捅煤炉，锅碗瓢盆碰撞的声响……

炸开了锅的晨曲。

原本大户人家的院落，二层的纯木结构，占了七八户人家，门挨着门，中间隔着霉湿侵蚀的木板。住在二层的，要踮起脚来走路，楼下的，时常能捡到天花板上掉下来的硬币，或是孩子的小玩意儿。

买了油条回来就泡饭的阿婶和拎着马桶去弄堂口公共厕所的新媳妇，亲热地打着招呼。新媳妇有些放不开脸，轻声细气回应着，讪红着脸似要躲开，又回过头来喊住阿婶，“屋里的煤炉熄了，过些借块煤饼”。阿婶爽气地答应着，又以过来人的口吻叮嘱，“煤球炉子夜里厢不要全部封死，要留点空透透气咯。”

一老一少两个女人搭讪着，话说过了就熟了起来，少不了日里头要串串门子，讨教讨教毛衣的织法、过日子的窍门。

阿发哥的儿子刚会走路，嘴上咿呀着跌撞过来，阿发姆妈赶紧丢了手头的菜，搂住他阿囡长、阿囡短地叫唤。

过足了神仙瘾的陈阿公，顺手丢了烟头在地上，阿发的儿子扑过去抢到手头往嘴里塞。吧唧吧唧嚼了嚼，张了嘴哇啦啦哭将起来，烟丝粘了满嘴满脸。陈阿公哈哈笑着，嘴里念叨着“介（这）是个戆头啦”。

阿发姆妈听了不高兴，一边打理孙子的嘴，一边又埋汰陈阿公，“老光棍没啥正经”。陈阿公自觉理亏，站在边上假意咳嗽一阵，见实在无趣就缩回屋里去了。

阿初吃了早饭，拖了小竹凳在天井背课文。

阿松蹲在地上把一根冒出地面的蚯蚓拨弄得半死。伊姆妈抢步过来，一巴掌打掉儿子手头的蚯蚓，拖到阿劼身边教训，“侬看看阿初哥哥多用功，侬要像伊嘎有出息就好慟。”

阿劼姆妈在边上听了很受用，忙过来圆场，塞了一把大白兔奶糖到阿松手里，对阿松姆妈讲：“阿松还小嗽，大了就会懂事体噶。”

阿松还惦记着地上的蚯蚓，苦恼着手和身子被伊姆妈困住，只好用脚尖去够，阿松姆妈有点火，嘴里骂着“介小人啦，非要我火冒三丈”，顺手在儿子屁股上来了一巴掌。阿松哼哼唧唧眼里带着泪，坐到地上撕心裂肺喊“阿娘，阿娘。”

阿娘心疼孙子，迈着小脚从楼梯间跑将出来，给了儿媳妇一个白眼，“介伊多少大的人啦，唔轻唔重噶”。阿松姆妈心里委屈，别过脸嘀咕：“全是侬带坏噶。”

受了这番干扰，阿劼无心再念书，嘴里嚷嚷“烦煞嘞”，气嘟嘟地端起凳子上了楼。

还未出阁的阿薇来约新媳妇上街买布料，阿薇姆妈在屋里念叨：“一天到夜就晓得做衣裳，屋里介多衣裳穿了几天啦？”

阿薇对着屋里还嘴：“侬介烦啦，用侬钞票啦，介操心噶。”

阿薇刚谈了男朋友，阿薇姆妈不高兴女儿找了个纺织厂的修理工，整天抱怨阿薇“迷了心窍”。阿薇阿爸就说：“介伊欢喜嘛就好了，到底是要过日子的，两个人讲得来就好嘞”。阿薇姆妈不依不饶，“跟侬一样，好日子一日都没过过。”阿薇阿爸说不过老婆，黑着脸出门，寻一同下岗的老朋友下棋去了。

那层薄如轻纱的雾霾散去，二胡的声响咿咿呀呀从虫子蛀过的门板缝里流淌出来。每个人都怀着不同的心思出门。

日头斜射到天井里，那口接纳雨水的大缸也随着波光粼粼，两条鲫鱼在里面不安分地游过来游过去。院落里安静得能够听见雏鸡觅食的响动。

日子就这样悄无声息地过着。

南方早晨，这样的故事每天都在上演。

二、西街岭墩

老城厢已经垂暮，新城区的爵士乐、街舞是流行不到这里的。老城厢的人上街，遇到人问“侬蹲（住）了啥地方？”老城厢人就会说“蹲了西街岭墩”。

对方恍然大悟似的点点头：“哦，那个地方。”眼神中却有老上海人的那种“伊拉是乡下人”的味道。

实际上，这座城市的人或多或少与老城厢有着渊源。

老城厢是一种记忆，它曾是城市最繁华的区域，这里积聚着早已面目全非的县衙、学堂、城隍庙，记忆中什么都能买到的人民商店。当然，还有西街岭墩。

西街岭墩是老城厢的标志，也是没落的老城厢标榜自身贵族血统的痕迹。

西街岭墩是一个过街楼，建于清代中晚期，两层重檐歇山顶式建筑，你可以把它想象成一座城楼，楼檐四角翘展。一楼骑街横跨，左右两侧为厢房，各开东西两门。厢房内有一狭陡的盘梯通往楼上。二楼四面开设有窗户，可俯瞰城内街巷，远眺郊外山野。

当然，这也仅是记忆罢了。四处建造起来的二三层民房，早已让过街楼形同一个侏儒。单是那百余年风霜的侵袭，破败的门窗，苟延残喘的砖墙，已然使当年的公主落荒成尘垢满面的弃妇。

但我是需要通过文字告诉你，西街岭墩在我记忆中是怎般的香艳。在我开始情欲泛滥的年纪，西街岭墩承载的更多的是我对于异性的渴望。

我住在西街岭墩古朴的西面，青砖黛瓦的屋子临着一条溪流蜿蜒排列，开端是明朝一位武举人的宅院，尽头是城隍庙，街道用青石板铺就。经常有美术学院的学生到这里写生。

那时候，新买的皮鞋必定要在根部钉上一块月牙形的金属，踏落在青石板上有金属划过玻璃的声响。

我时常被这种声响搅得牙根发痒，却又追逐了时尚。在15岁那年，郑重其事地把第一双皮鞋送到了修鞋铺子，满怀欣喜地看着那块月牙形的金属在我的新皮鞋上安了家。

我同样带着这种让人牙根发痒的声响，走过西街岭墩。西街岭墩是一道分水岭，过去了，就是一个香艳的世界。

这是一条水泥铺起来的街道，除了人民商店，街道两侧被各式的店铺占据，整个街道笼罩着葱油饼、牛皮糖的味道。穿着时新的女郎倚着店铺的门框子嗑着瓜子，在她轻启艳红的唇吐出瓜子皮的瞬间，你能闻到那种迫使人浮想的味道。

我曾经装作不屑的样子，从这些女郎的身边走过。瓜子皮不巧落到我脸上的时候，我会大声呵斥一句:“小娘俾，寻死啊！”心底下却是乐意和她纠缠一会，吵架的空当闻一闻那股弥漫的香氛。

只是，那个时候大家都不懂得香水是种什么东西，女郎的身上顶多是洗发香波的味道，但这也足以击溃我的心脏。

过了街就是学校。对于学校，除了那个能够逮到鱼鳖的荷花塘，我的记忆只留下了那个坐在我身后的女孩。

女孩的模样，我现在无论如何都想不清晰。只记得在初中毕业前帮她打过一次架，为了什么也是无法忆起。我能想到的是，我的手受了伤，流了不少血，女孩似乎哭了，也似乎是吓傻了。但我却能回想起，她用几张创可贴帮我包扎伤口时，我感觉伤口不再疼痛。

少年时香艳的记忆开始于西街岭墩，也结束于此。纵使我在与不同女子缠绵的时刻，我依然能够忆起我带着她逃离晚自习课堂扑进昏暗的西街岭墩的情景。

西街岭墩有石凳，平日里是供人歇息、吹牛，以及传播小道消息使用的。我也曾坐在石凳上，看过往的年轻女子，老流子一样跟无所事事的青年给一个个女子打分，也搞清楚了男人为什么要在亢奋的时候吹口哨。

现在，那个有昏黄灯光映照的石凳，却成了我第一次近距离呼吸异性身体味道的载体。我能想起描述这味道的词汇，可能仅限于那种生长在老宅院里不知名白色小花的味道。

我相信那一刻我在颤抖，至于女孩是否如同我一样的悸动，我无法知晓答案，因为在我试探着拥抱她的时刻，女孩发出了一声尖叫。

住在这过街楼厢房的哑巴，竟躲在门缝里窥觑，而后又在我即将找到“女人是什么味道”答案的节骨眼，哑巴居然拎了扫帚破门而出，嘴里咿咿呀呀又面色狰狞。

女孩被吓坏了，哆嗦着不敢挪动脚步。我却有种被搅了好事的气恼，夺下哑巴的扫帚扔得老远，寻思着要给他点颜色，却又担忧惊扰了过街楼其他住户，愤愤地拉了女孩逃回课堂。

毕竟是心里有鬼，往后的日子经过西街岭墩，总踮着脚走，怕哑巴兜售了那一晚的丑事。而后又听说，男的和女的抱在一起就会有小孩子，心里倒也感激起哑巴来。

经过那晚的惶恐，女孩自是不肯再与我单独外出，而没过几天就毕业了，女孩随父母去了省城。

当我再次坐在西街岭墩的石凳上，哑巴早已逝世多年，这里已经挂上了文物保护的牌子，当年一起在此看女人的青年，也早已搬离这个垂暮的街道。或许跟我一样，西街岭墩已成了一种记忆。

三、宗祠

人死了，是要在祠堂停放几天的。

祠堂在村庄的中间，平时是孩子的游乐场。白天黑夜在里面玩也没有觉得害怕，大概是祖辈的魂灵附在这里的缘故。

我亲眼看着我的阿婆被送到祠堂躺了 3 天，又在这里下棺。我坐在靠近灵帐不到一米的圆桌旁。祠堂里摆满了桌子，认识的不认识的人坐了喝酒吃菜，大抵是挨得上血缘的，谈论着死者生前的种种。

这边吆三喝四，死者安然躺在灵帐内，我总怀疑这些声音死者是能够听见的，只不过没了力气爬起来招呼罢了。

但我却未曾在祠堂送走我的阿爷（爷爷），因为已经开始在不同的城市游走。我不清楚阿爷下棺时，有多少人痛哭流涕，只是在赶到时看到有灵帐，就扑了过去，被兄长一把抱住，说是其他人家的。

那是我至今为止最后一次进入祠堂，那一天我失魂落魄看着渐显破败的祠堂，和已经老去的村人一般，没有了儿时的敬畏。这恐怕也是我最后对于祠堂的记忆了，我越走越远。

祠堂有两道门，自小我就没有方向感，现在还时常在生活了多年的城市迷路。门是如何开的，我不清楚，知道一扇是临了穿村而过的小溪，那该是主门了。

门梁是描过金的，只是年久脱了颜色，两扇朱漆的木门需要花力气推开，吱呀作响。屋檐雕梁画栋，就连瓦片都刻上了寓意福禄的图案。

石头做的门槛没过孩童的膝盖，日常是几个老头坐在上面讲天话（聊天）。门前一对石狮已经被孩童的屁股磨蹭得圆润，儿时也常骑在上面想想自己是风光归来的将军。

村里时常来一些说书、唱戏的，村长挨家挨户收钱，一角两角的钱还是有人家出不起，又禁不住诱惑，干脆取了家里的稻谷充数。

祠堂里有一个木板搭起来的舞台，高一米左右，里面是空的。说书、唱戏的在台上咿咿呀呀，小孩子就钻到台子底下轧闹猛。

躲在里面能够看到舞台上戏子走动的脚步，戏子在台上打起虎跳，灰尘扑扑往下落，小孩子就在里面拼命咳嗽，也不全是被呛了喉咙，只觉得这拖长了调的戏文一点儿都不好听，一句话往往咿咿呀呀老半大。又觉得受了莫大委屈，弄出点声响来提醒大人早点回家。

小孩子大都是阿娘带大，听戏入迷了，老太太自顾在下面抹泪摸鼻涕，也顾不上整天噶“阿囡、阿囡”疼在嘴上的孙子、孙女。

我到祠堂听戏开始还是乖巧的，因为可以要挟阿娘买上一纸袋的酱油瓜子，又害怕那戏台下偶尔出没的白蛇。我看到过一条碗口粗的白蛇钻进里面，大人们说那是祖宗变化的，打不得也赶不得，见了还要恭恭敬敬。

但毕竟禁不住相熟的小孩子催促，趁阿娘开始抹眼泪的空当，加入到孩子们的游戏中。戏台的底下并不全是尘埃，运气好的话能捡到一两个铜钱，或是谁家小孩不小心落下的玩具。

比如我就曾捡到一辆小汽车，那种使劲把车轮往后摩擦，放在地上能跑一段路的玩意。这在当时，怕是只有村长家的小孩能够拥有的。

小孩子不和村长家的孩子一起玩。大人们私底下念叨，每次凑钱请戏班子来，村长都是捞了不少好处的。还有传闻，那个戏班子里有个女的，每次来都和村长睡觉。

孩子们是不关心大人们的那些流言蜚语的，只是见不得村长家的小孙子有各种新奇的玩具，谁能想法搞到其中一个，那是要被孩子们景仰一番的。

一场戏文结束已近子夜，过足了戏瘾的老头老太太们打着哈欠四处找孩子，大抵这个时候，戏台下一窝子小孩已经挤在一道睡得迷迷瞪瞪。

上了年纪的老太太就说，小囡睡在祠堂不要紧，祖宗帮看着出不了事。也怪，老头老太顾着自己看戏，竟也从未出现小孩子走丢的事情，想来这话是灵验的。

四、纳凉

江南的夏天终于迎来了第一波热浪。

半夜，一身汗津津的被热醒，在床上翻来覆去好一阵，感觉皮肤接触过的地方都热得无法忍受。

毕竟还是六月，我倒是有心开空调，但思量来思量去，睡在隔壁日常节俭惯了的岳父母，明早知晓后一定会唠叨，终究是作罢了。

折腾了一会，竟没有了继续睡觉的心思。

江南的夏天闷热、潮湿，已有些年月的风扇吱呀吱呀地响着，身上的汗被吹干后反倒更加不舒服，黏糊糊像是裹了一层槌糊。

这样难挨的夜晚，让我忍不住想起过世多年的祖母。

之所以会想起祖母，是因为这个天离孩子们放暑假不远了，在我的学生时代，每年的暑假几乎都是在乡下的祖母家度过的。

祖母的家在奉化城西北方向一个叫作外应的山村。上学之前，我也一直生活在这个山村里，直到小学开学，才被父母接到了城里居住。

对于在祖母家度过暑热天的印象，我经常把很多年的记忆碎片，拼凑到某一年的暑假。

因为那一年，我感受到了万分的委屈和失落。

那年暑假，母亲为哥哥做了一身新衣服，和父亲一道带了他去南京的外祖母家，而我却被留在了祖母家。

其实我对于外祖母的感情，远没有对祖母的那般深厚，但对于一个孩童来说，南京毕竟是一座大城市，有各种好吃的、好玩的诱惑。

祖母的山村，我几乎闭着眼都能绕上一圈，听到讲话声就能辨出是谁，熟悉的没有任何新鲜感。

最主要的是，在一个孩子有限的感情里，已经理所当然地认定，这次被独自留在祖母家，是父母对我的一次遗弃。

最初的几天，我不跟任何人说话。

白天，我独自钻进村后的山沟里，把自己泡在顺流而下的山泉里。

祖母家没有电扇，况且天也实在太热，祖母或许认定这是一种不错的消暑办法，只要不耽误回家吃饭，也不会特别唠叨。

后来到了晚饭的点，祖母满村子找不见我，祖父提醒“不会还泡在沟里吧”，才慌忙赶过去找。

我已经是在山沟里哭了个声嘶力竭。

天将将要暗下来的时候，我是赌着气不愿回家，心里面实际也是盼着祖母过来找，趁机发发小脾气，发泄一下委屈。

等到天完全暗下来，四周没有人的动静，只剩漫山遍野野兽的叫声，和身边潺潺的流水声，这才慌恐起来。

我是不敢独自回家的，光是野草柴树掩盖的山路上忽明忽暗的鬼火，就已经吓得我两腿发软。

“阿娘，阿娘侬快点来啊！”我拼足了劲喊，一直没人回应。

山谷方向传来的野兽吼叫声越发的清晰和狂乱，我喊了一阵就不敢喊了，躲在山沟里抱紧了身体哭，一边哭心里还想着那些听来的鬼故事，越想越害怕，越害怕就会越想，自己吓唬自己就等着鬼上门了。

祖父、祖母寻到山沟时，看见他们“阿囡、阿囡”喊着朝我奔来时，我也真是委屈过了头，原本慌恐的心一下又有了仰仗，竟然发脾气赖在沟里，死活不肯跟他们走。

见我赖定在沟里了，祖父对祖母忍不住发脾气：“一天到夜有嘱忙啊？看个小人啊看不牢？”

祖母没理会祖父，哄了我老半天，又装出丢下我自己回家的样子，故意大着嗓门说：“侬再伐（不）去，今朝买的蟹，交关交关（非常非常）大喝西瓜，侬阿叔阿姑马上吃光了。”

“噶是呵（对的），噶是呵，阿囡乖，跟阿爷去。”祖父会意过来，也在一旁帮着腔。

毕竟美食对于一个孩子的诱惑是彻底的，我扭捏了一会，又要挟祖母明天不吃5分钱的糖水冰棍，要吃一毛钱的奶油冰棍，这才站起来跟着回家了。

吃过饭洗过澡，躺在院子里的竹床上乘凉，想想还是委屈，接过祖母递来的西瓜，咬了一口又开始使小性子，叫嚷：“热嘟嘟的，难吃死了！”

西瓜是从自家地里摘来的，在地里晒了一天，做晚饭前祖母才放在脸盆里用水泡着。

这个天，水缸里的水都是温热的，泡在水里的西瓜自然也不可能凉下来。因为我闹起来，祖母哄了半天没辙，最后想出

来一个办法：“阿囡莫吵，阿娘去打井下水来，井下水冰骨冷，西瓜放里厢泡泡再吃，咪道赞嘞（味道非常好）！”

离祖母家最近的井很浅，因为南方雨水充沛，井打下去两三米就有泉水涌出来，井水暴晒了一天就差冒热气了。

要打井下水，必定要跑好长一段路。住在山坡上的人家有一口全村唯一的深井，是打穿岩石后凿进去的，有十几米深，打上来的水喝到肚子里，那才叫一个透心凉。

祖母挑着水桶去打井下水，来去大概要 20 分钟，因为我还在哼哼唧唧闹不歇，祖父没办法，只好讲天话（故事）来安抚我。

但又是那些牛郎织女老掉牙的故事，每年寒暑假，祖父都会翻出来给我讲，听得早就腻味了，加上这天心里着实不痛快，祖父一边讲我一边大叫："伐听（不听）、伐听，每日讲，听啾烦都烦死了！"

祖父长相似极了庙里的弥勒佛，从来不对小孩子发火，我再闹他也不恼，笑呵呵地说："阿爷还有其他天话，侬莫急，我慢慢讲给侬听。"

于是，他又搜肠刮肚把些陈年往事翻出来，又添点油加些醋，总算把我糊弄到祖母回来。

西瓜在井下水里冰镇了一会，果真凉了许多。祖母递过来半个让我用汤勺挖着吃，等到把红瓢吃完了，外面玩了一圈回来的阿叔，从屋里翻出他当兵时帽子上的军徽，用力掘在瓜皮上，把一顶瓜帽子扣在我脑袋上，又教我怎样敬军礼……

夜，越发得深沉了，祖父点燃了一把艾草驱蚊，文艺兵出身的阿叔在一旁咿咿呀呀地拉着二胡。

青草的香氛笼罩在院子的上空，我躺在竹床上哼着歌，祖母在一旁轻轻摇着蒲扇，祖父逗着我问，"噶多（这么多）喘多的星亮（星星），阿囡侬寻寻看，哪个是侬呢？"

我望着星空，眼皮渐渐发涩。夜凉如水，在虫子的轻吟里，我缓缓地闭上了眼睛……

阿爷、阿爷，那颗最小最小的星亮是阿囡的，边上那颗最大最亮的是阿爷，那颗一闪一闪眨着眼睛的是阿娘……

今夜，我眺望窗外，凝视那一片星河，我知道，在另一个世界，你们依然守护着我……

五、黄鼠狼

台风过去的第一天，我又无可救药地怀念起童年的故乡。

连日的暴雨，已经让山上的水库不堪重负。这一天照例是要放闸的，山脚下的农田，被顺流而下的雨水层层漫过。

我照例是赤着脚，手里端着一个簸箕，腰上挎着一只竹篓，站在齐膝的灌溉渠里。

水流很急，鱼儿在水里张皇逃窜，把簸箕挡在狭窄处，鱼儿撞上簸箕就会激荡起一阵水花。

顺势抓起无路可逃的鱼儿，冲着不远处正在挖田垄放水的爷爷大声邀功，“阿爷、阿爷，侬看呐，噶莵噶鱼（这么大的鱼）！”

“阿囡乖哦，夜到兜到屋里红烧烧当下饭哦！”爷爷朝我这边张望了一下，又弯着腰奋力劳作。

得了鼓励，我也更加卖力，等到爷爷收工的时候，竹篓里已经装满了潺条或者鲫鱼。

当然，也有黄鳝或者泥鳅。

那时候，或许人们是不喜欢吃黄鳝和泥鳅的，我之所以没有将这些滑溜溜的家伙扔掉，是因为奶奶说，鸭子吃了黄鳝和泥酬长得快。

那年，奶奶养了几只鸭子，说是等养肥了留给我吃。

或许这只是奶奶无意中用来安抚我的话，她没有预计到后果，我却牢牢记住了，并且逐渐成了心事。

“阿娘、阿娘，久乖多（非常多）泥鳅，全部给鸭吃。”我举着竹篓跑进院子，从厢房跑到卧室又寻到灶火间，堵在忙碌着晚饭的奶奶面前。

“哦，阿囡噶大本事啦，泥鳅倒是多哦。”奶奶朝竹篓张望了一番，说，“等歇歇把鱼剖剖红烧烧，泥鳅把鸭吃。”

我把泥鳅单独抓到脸盆里端到鸭子边上，看了一会它们争食的场景，又跑回灶火间问奶奶，“鸭啥时光好杀了？”

“噶乱讲啦，鸭嘛要生蛋哦，阿囡每日要吃噶蛋，全部靠伊啦生出来啊，”奶奶早就忘了无意中的那句承诺，话赶话地说溜了嘴，“鸭杀伐来（鸭不能杀）！鸭杀杀来，阿囡蛋就没吃了！”

对于一个假期才回到山村老家，平时生活在城里的孩子来说，即便那个物资匮乏的年代，鸡蛋鸭蛋却是不曾缺少过的，相较而言，吃上一顿鸭肉倒是难得。

奶奶的一番话，击碎了一个孩童满心满怀期盼的美梦，那种失望加委屈的心情，感觉到全世界都在跟自己过不去。

我独自爬到院子的墙上，闷闷不乐地傻坐着，爷爷和叔叔进院子时都叮嘱我，“伐要跌落来！”

我鼻子哼了哼谁都没有搭理。

“阿囡，吃夜饭了！”稍过了一会，爷爷奶奶轮番在屋里喊，我就坐在墙上不应声。

见我没有动静，奶奶寻了出来：“阿囡快点，红烧鱼咪道交乖赞嘞（味道非常好），再不去吃就被阿叔吃光嘞。”

我气呼呼地瞪了奶奶一眼，感觉情绪有了发泄的目标，泪水一下子涌了出来，咕哝着，“阿娘骗人，阿娘讲闲话不算数！”

奶奶好说歹说哄了好一阵，我翻来覆去就是那么一句话，最后她也没辙了，望着正寻出来探望动静的爷爷，商量道：“要么明早杀只鸭？”

一听我是因为没有鸭肉吃不开心，爷爷瞪了奶奶一眼，对她凶道：“鸭养着不就是吃喝，小人要吃鸭么，喝就杀被伊吃好嘞！”

奶奶毕竟舍不得正下蛋的鸭子，沉默了一会，说：“我看看，倒是有一只好两日没下蛋了，明早杀杀瞰。”

得了奶奶的应承，加上爷爷作保，我方才开心起来，哧溜从墙上滑下来跑进屋里，当晚多吃了半碗饭。

第二天一早，醒来的时候，发现母亲从城里赶了过来。因为暑假即将结束，她是来把我带回家的，准备提前预习下一年级的课程。

当天，我没看到杀鸭子的场景。母亲带我走的时候，我竟然没看到爷爷奶奶的身影。我在想，他们是不是故意躲起来了，昨晚他们是合着伙在骗我？

一路上我是不敢吱声的，母亲一向严厉，要是知道我要挟爷爷奶奶杀鸭子过馋瘾，一顿训斥是少不了的。

但毕竟存了心事，一路上闷闷不乐。

“一日到夜在山上玩野了吧？”母亲误会我不愿回家的原因，呵斥道，“叫侬回家读书日脚就这么难过的？”

我不敢还嘴，沉默不语地坐在自行车的书包架上想着心事。

快到城郊的时候，我突然听见爷爷在后面喊，连忙回头，见他手里拎着一只鸭子气喘吁吁地往我们这边跑来。

母亲连忙停车下来，奇怪地看着爷爷问："阿爹，侬咋会走过来的？"

爷爷把鸭子递给我母亲，"忘记了，鸭刚刚杀好，还没浆（洗）好，侬带回屋里自家毛拔拔嘲。"

母亲狐疑地朝我看了看，她知道，一向节俭的爷爷奶奶，不办大事是不可能杀一只鸭子吃的，况且相较于我们在城里的生活，他们吃上一顿肉是相当奢侈的，她估计是我的原因。

爷爷看出了端倪，连忙解释："昨夜里厢，黄鼠狼咬死两只鸭，偶趁（我打算）今早烧烧给小人吃的，没想到侬把伊带走了。"

在爷爷的坚持下，母亲最终收下了鸭子。现在回想起来，我依旧奇怪，那一天爷爷的两条腿是怎么追上骑自行车的我们母子俩的？

六、捉蝉记

午睡醒来，看见儿子正拿着手机玩游戏，外面蝉鸣阵阵。

我躺在竹席上，想着遥远的童年。

也是在这样的酷暑天，父母都在睡午觉，我已经悄悄溜下床，蹑手蹑脚来到屋外的院子里，将串在廊檐上的一根长竹竿拽下来，这是日常院子里的住户用来晾衣服的。

又从库房里翻出一圈粗铅丝，用老虎钳剪下一段，上方做成一个圆箍，留下 20 厘米掰直了，用绳子牢牢绑在竹竿上，再把一只塑料袋套在圆箍上，用针线缝好做成网套。

一个逮知了的道具就这样完成了。

然后又轻手轻脚摸进院子里的其他人家，挨家挨户去招呼同龄的小伙伴。

去郊外捉知了，对于那时的孩子来说，绝对是充满诱惑的撒野方式，哪怕回家被父母训斥都感觉够本了。

运气好的话，小伙伴们也在床上翻来覆去打小心思，而他们的父母还在酣睡，这样就能成功地集体“越狱”；运气不好，刚把小伙伴拍醒，那边他们的父母也被惊醒了，伸过来一只臭脚在我屁股上轻轻一踹，那样我只能独自落荒而逃。

大多时候，是我一个人扛着一根长长的竹竿，穿过店铺林立的城厢，在狗都懒得叫唤的烈日下，冒着油汗徒步前往郊外。

知了一般都躲在高高的柳树或者栋树上，天气越热它们叫得越欢，循着声音就能轻易找到。

举起长长的竹竿，把网套小心翼翼地贴上去。知了发觉危险都是反方向逃窜，所以只要能把网套成功放在它身后两厘米的地方，知了受惊就会钻进网套里。

这时候，把竹竿轻轻旋转，圆箍就把网套口给封住了，在塑料袋里慌乱不堪的知了只能由着你折腾。

有时候，知了躲在高大的树梢上，竹竿根本够不到，这时候另一样利器就派上用场了。那就是连睡觉都舍不得离手的弹弓。

从地上寻到一粒圆溜溜的石子，夹在弹弓的皮套上，眯起一只眼，拉开皮筋“嗖”的一声，石子飞离而去，不是把知了打成肉酱摔落在地，就是看见一道黑影从树上仓皇逃窜而去。

捉了知了，一般会留下一只带回家，用细线穿过它脖子里的夹缝，打了结拽在手里看它东奔西窜在屋子里撞来撞去寻乐，其余的全都变成了美味。

逮够了十来只，随手捡些枯树枝到溪流边，用家里偷出来的火柴点燃，等到差不多烧成木炭的时候，把知了一个个扔进火坑，听到“噗”的一声响，而后空气中弥漫起一股焦香味，赶紧用树枝把快烧成焦炭的知了扒拉出来，单单撕下脖子上的那块精肉丢进嘴里，一番咀嚼满口油香。

在肚子里缺少油水的童年，知了肉的味道，就是拿三好学生的奖状来换都不乐意。

饱了口福，自然不会这样轻易回去。山涧流淌下来的溪水清凉透心，要么光脚踩进布满鹅卵石的水里翻找螃蟹或者逮小鱼，或者干脆把石头推开，刨出一个足够人躺下的水坑，把整个身子埋在水里，只留下鼻子和嘴巴出气。

有时候，有长满花斑的水蛇从脑袋上游过，先是被吓得一声尖叫从水里跳起来，因为仓皇难免呛到一口水，等到惊魂落定，看那条倒霉的蛇还没跑远，又追上去抓住水蛇的尾巴，拎起来抖一抖，水蛇就跟瘫痪了一般再也动弹不得。

如果感觉还想再吃点东西，看看手里的水蛇还挺肥美，就干脆找块锋利的石头剥了皮，扔进尚未熄灭的火坑里，不出五分钟焦黑焦黑的蛇肉就可以下肚了。

在这个酷暑天，我被自己的童年记忆勾引的内心一阵猫抓。于是再也不肯赖在床上了，一骨碌爬起来对儿子喊："儿子走！跟爸爸去公园。"

儿子头都没抬一下，漫不经心地问："去哪个公园？"

"牧城公园啊！"这个公园离家比较远，开车大约 20 分钟的路程，却是长江边最大的湿地公园。

因为远离市区，去那里的人不多，但树多水多地域宽广不但可以任着性子撒野，而且飞禽走兽也不少，更绝的是，江边的沙滩是天然的绝佳烧烤点，我估计儿子会喜欢。

"哦，"儿子的头始终没抬一下，用力在手机屏幕上一阵忙碌，说，"爸爸你自己去吧，我不陪你了。"

牧城公园因为还没有配套儿童游玩设施，我怀疑他担心去了之后没有玩头，于是又蛊惑他："爸爸带你捉知了去。"

儿子见我坚持不懈，终于抬起头，看着我轻轻叹了口气："爸爸，我可不可以不去公园？"

外面酷暑难当，屋内冷气开得十足，儿子与我这样对峙着。

其实天热起来以后，我很多次邀请过儿子一起去外面玩玩，但他始终丢不下手里的游戏，就如今天，我出门前再做了一次努力，“爸爸去公园捉知了了，你不去就不带给你玩了。”

儿子低着脑袋看着手机屏幕，不耐烦但又客套地应付我：“爸爸再见。”

我默默地摇了摇头，自己出去了。

我清楚，在这样的一个时代，我如果强行要把儿子从游戏中拉开，是一种残忍。

毕竟，刚刚一年级的儿子难得有个相对清闲的暑假，虽然还有大量的暑假作业，还有各种培训班要上，但毕竟好过上学时每天做不完的作业。

还有就是，我不能强迫把自己童年的快乐延续给他，他们这个年龄的孩子，每天交流的就是游戏和动画片，这将成为他们这一代今后回忆童年的幸福记忆。

而我的童年记忆，注定在往后的岁月里，越发成为一种人类生活轨迹的标本，储存进记忆博物馆的展示架，留给后人指指点点：“你看，古人的童年是这样的。”

七、床底下的蘑菇

这是个该诅咒的天气，坐在屋里也会憋出一身汗。南京一位哥们来电话抱怨，一通经典的市骂。

我说心静自然凉。可是，骗鬼呢，我也不相信。

腰痛的毛病害得我不敢开了冷气享受。头顶吱吱呀呀旋动着古老的吊扇，躺在藤椅上假寐。一盆文竹生得茂盛，邓丽君甜得腻人的声音绕耳低诉，这样的光景颇生出些前世的印象来。

似睡非睡间，木质地板霉烂的味道弥漫过身体，侵入魂灵。

当是梅雨季节，南方的城市包裹在一片潮湿中，等不来阳光灿烂。我躺在能挤出水来的地板上，翻来覆去想着一个孩童的心事。

这样一个周日的午后，巷子前的小河沟已经泛滥潮涨，想必有很多的小孩子赤着脚踩进水里，浑水中摸起一条张皇又倒霉的鱼儿。

母亲安静地坐在写字桌前备课，我偷睁开眼几次，终害怕换来一顿训斥，又不情愿地闭上眼。

终究是睡不着，我似已听到小伙伴快乐的嬉笑声。

母亲一直不允我下河玩水，因这缘故我至今仍不会游泳。但这并非全是坏事，惹恼母亲后发飙的时候，只要拼了命往河边跑，就有了压制伊满腔怒火停下来谈判的资本。

我就这样在地板上翻来覆去，母亲尚没有备完课外出的打算。但这并不妨碍我寻找一个孩子自己的乐趣。床底下有一抹含糊的白色，撅着屁股钻进去，发觉了一个天大的乐事。“姆妈，眠床窝底生蘑菇了。”

“乱讲乱话，眠床窝底咋会生蘑菇？”

“真的喝，真的是蘑菇！”

找到了天大的理由，拽了母亲的手，又按了伊的头去看床底。

那是一簇类似草菇的植物，灰白色的亭亭玉立在我家的床底下。

母亲惊奇之余又叹起这天气来，“哎，这雨嘛落了天要漏，日脚咋过啊！”

日子当然就这样年复一年、日复一日地过下去。母亲已是满头白发，我也是跷起二郎腿换做儿子滑梯的年岁。

南方的潮湿仍旧包裹着生于斯长于斯的人们，只是，我再也没有能真正回到南方的故乡，再也寻不到孩童时凭空就能找来的乐事。

突然我在想，假如我现在在自家的床底种上一株蘑菇，我的儿子会不会也生出我当年惊了天的欢喜？会不会幻想有一天这个家被蘑菇包围，我们像一群可爱的兔子，从此躲在蘑菇的身体里幸福地生活？

八、我回来了

“我盼望了一年终于迎来了春天，你却睡掉了整整一个春天。”我收拾好行装，对着稍稍有些磨蹭的妻子嘟哝着。

因为妻子患病在家休养了一个多月，早就在年前计划的老家之行，推迟到了 5 月。而这，又是父母从老家过来陪伴我生活之后，5 年中唯一的一次回乡计划。

用5年的时间来计划一场回乡之行，实际已经让我焦躁难耐。每每看到媒介上有关南方的片段，心底浓浓的乡愁必然裹涌着涩涩的泪。

我的思乡之情每天都在不经意地爆发出来。因此，妻子小小的拖延，随时都会引爆我的坏脾气。

驾车一路向南，心情也随之飞扬。过了杭州湾跨海大桥进入宁波界，我轻轻地说了一声：“回家了。”

在慈城服务区中途休息了一下，给姑姑打了个电话，告知抵达的时间，此时已近黄昏。姑姑说：“等侬吃饭！”

归乡的路很急切，一个钟头后，从溪口收费站出来，按照导航的指示行驶。原谅我，多年在外漂泊，已经完全不熟悉家乡的路。

越往前行驶，道路越发陌生，原本平坦的路变得陡峭起来，一边是大山，另一边是悬崖，亭下水库的水波光粼粼，眼前的群山沐浴在霞光中，宛若仙境。

睡了一路的妻子终于醒来，惊艳于眼前的景致，她不断尖叫着，忙着用手机拍摄沿途的葱翠，全然忽略了边上焦灼与不安的我。

看到前方有两个小姑娘在采杜鹃，急忙停了车询问。果真是开错了道。

前路是没有止境的。小姑娘告诉我，这条路是通往大山里面的，终点究竟是哪，就连生活在这片深山里的她们都不知晓。

掉转车头，山路盘旋，我的身边就是万丈悬崖，我开得心惊肉跳，却担心姑姑一家因为我的迟到饿着肚子，油门倒不曾松开。

老天当然眷顾我这游子，一路很是平安，导航也渐渐恢复了神智，将我引到回家的大道上。

但真的是说不过去，到了家门口竟然又不识路了，连忙拨打姑姑的电话，好在的确是到了家门口，姑姑跑到路口来接。

姑姑有些老了。她让我把车开到家门口，自己执意在后面跟着跑了一段路。差点没忍住，想哭。

在门口倒车的时候，因为路口有些窄，一时没倒进车位，边上一个正在为花草浇水的男子冲我喊了几声，又比画了几下。

下意识地看了一眼他黝黑的脸，感觉有些熟悉但又有些陌生，倒是看懂了他的手势，顺利把车归了位。

正要下车，猛然想起，天，这是姑丈啊！

当年的大帅哥都变成老腊肉了，我拼命压抑着自己的情绪，赶紧掏了烟过去招呼。

姑丈却早已掏了烟在那边等我。

“噶小人，这么多年……”姑姑也过了来，眼睛有些红红的，一直盯着我。我想上去抱抱她，但最终没有。

姑丈也没有特殊的表示，只是说：“你们到屋里厢去，我马上过去。”

我们这一家人啊，都没有表演情绪的天赋。

“下饭已经烧好了，”姑姑把我跟妻子往家里带，又招呼姑丈，“侬快点啊！”

没有我这 5 年间每日每夜思想中的衷肠诉尽，倒满了家酿的烧酒，姑丈和姑姑只是不停劝菜。又怕我的妻子听不懂，从来不会讲普通话的姑姑，也愣是憋出几句几乎连我都听不懂的奉化普通话来。

倒是弟弟的儿子，这个从未谋过面的小子，没几分钟就跟我的妻子打得火热，饭也不曾好好吃，黏着她拉着她的手楼上楼下地跑。

最怕家酿酒后劲的我，晚上喝了该有半斤，意外没有醉。饭后，刚出差回来的弟妹和弟弟，陪着我聊到半夜，小侄子居然眼皮都不曾眨的陪到半夜。

这一天，没有人强迫他去睡觉。

而我，等到上床之后，竟也破天荒地没有失眠。即便，窗外是家乡的山、家乡的河流，黑夜中有飞鸟在松林间掠过……

九、故乡的亲人

每次回老家都如同一场打劫。

以前，父母在老家居住时，我总是挎着一个小包回去，临到假期结束返程时，总是对父母抗议：“这么多的东西，我怎么拎得动？”

大包小包码得整整齐齐，有父母腌制的笋干、梅干菜、海货，也有从超市里买来的零食。他们老是担心我在外没得吃，恨不得把整个家让我搬走。

我总是会趁他们不注意，悄悄把包里的物品拿出来，藏在某个角落，藏来藏去，最后连我自己都不清楚藏在哪了。

父母把我送上车，又不容反驳地帮我把行李塞到行李架上。等到下车时，我才猛然发觉，行李的分量一点都没减轻。

肩扛手提好不容易把行李搬回住处，一般都会胡乱扔在地上几天不搭理。等到想家的情绪再次泛滥，坐在地上翻看一个个包，才感叹，再聪明的小孩也永远斗不过自己的父母。

那些被我费尽心机藏在老家某个角落的物品，居然奇迹般出现在眼前。而我却还在几天前傻乎乎地给父母打电话，告知他们，有些东西我留在了家里，让他们找出来防止坏掉。

而他们也在电话里配合着我，说：“知道了，你放心好了，不会坏掉的。”

今年回老家，因为父母迁来与我同住，心想，这下好了，回来的时候不用那么费力气了。

回到老家的次日清早，姑姑陪我回到山里自小生活的村子祭奠祖父母。

村庄的道路都铺了水泥，一路上，姑姑摇下车窗跟村里人打着招呼。记忆似乎被橡皮擦擦去了一般，一张张面孔都很陌生。

听到姑姑跟人打招呼，我也会扭过头去看。

尴尬的是，他们一下都能认出我来，个个流露出惊喜的神情，大着嗓门喊：“啊，志刚啊，志刚侬来了！”

我不知道该怎样称呼每一位和我打招呼的乡亲，所幸有姑姑帮我抵挡，“这是侬阿叔，这是侬阿婶，伊是阿婆、伊是叔公……”

而我，只能以微笑或是散发香烟来掩饰我的歉疚。

车子在国定阿叔家的院外停下。阿叔早就在路边的杂货铺等着我，迎了我进屋，忙不迭地捧出两个大塑料袋，里面是上个月刚刚晒制的梅干菜和笋干，“老早备好了，一直说侬要过来，怎么才过来？”

又想起什么，折回屋里，弓着腰拎出一个竹篮，里面是8瓶子满满当当的糖水杨梅，他居然还记得我小时候喜欢的这一口。

看着他已经花白的头发在我面前晃来晃去，心里倒不好受起来。

路过应家宗祠，里面正在为一位90岁的老人办寿宴。国定阿叔说：“侬锡定阿叔在里面。”

跟姑姑商量，还是等去山上祭祖之后，返回时再跟他见面，于是先往小叔叔家告知午饭人数。

已经出阁的妹妹和婶娘在家，泡了茶喝，讲了一会闲话，随闻讯赶来的二叔一道上了山。

正在祖父母坟前磕着头，老远听到一个声音传来，“啊，是志刚来了！”

“叔公来了！”姑姑提醒我。

我慌忙站起，叔公驼着背拄着一把锄头顺着田头往上走。他是我祖父的亲弟弟，因为曾经当过公社干部，说话带点官腔。

以前，我最烦他见面就诲人不倦。这次见了面，他还是老样子，问我，“侬还在报社当记者？”

“是的，叔公！”我恭恭敬敬回答，他已经苍老得没有当年的风姿，我突然懊悔没准备，竟然忘了给他带一些礼物。

“当记者一定要正直，不该拿的千万不要拿！”他继续说。

这次，我没有丝毫的反感情绪。在俗尘翻滚，不是至亲之人，谁会愿意这样一辈子的诲你不倦？

“刚刚掘出来一些笋，侬把它带走。”叔公执意要返回刚才正在劳作的竹林，好歹被众人“已经装不下了”给劝阻住。

他不肯随我们下山去吃饭，中年丧妻之后独自抚养大几个孩子，生活的重担让叔公再也直不起腰。

望着他佝偻的背影，我突然有些骇然，此次离别，不知能否再见？

午饭过后，婶娘从厨房拖出一个纸箱子，说：“这些笋用柴火烤了三天三夜，咪道蛮好，上礼拜就装好了等侬来。”

把整箱的烤笋往车上搬，压得我走路像穿开裆裤的孩童，二叔赶紧上来搭手。但他也已经老了，听得出他在喘气。

下午，在村后的大山里转了一圈，准备回姑姑在城里的家。村子通往城里的道路非常窄，必须避开下班高峰的车流。

行驶了百米路程，姑姑说：“侬阿叔在前头等呢。”

定神一看，果真是锡定阿叔，连忙过去。

“阿刚，咸笋和笋干老早给你准备了，侬先拿车上，有话夜饭时再说。”他招呼我进屋，一堆笋排在一起打了包，边上还有些颜色不鲜亮的，显然是他刻意挑出来留着自家吃的。

在路上闲逛的村里人看到我，都亲热地围上来打招呼，这些我已经陌生，再次通过姑姑介绍才分清称呼的阿叔、阿婶、阿婆、叔公，拉了我往自家去，“笋干头、梅干菜带点回去！”

好在姑姑一再解释“真装不下了”，他们这才作罢，却都在脸上流出几丝遗憾。

妻子在一旁打趣：“你到了老家跟鬼子进村一样，怎么四处打劫啊？”

我在心里骄傲地说：“幸亏没开卡车来，真的要是家家户户走一圈，一卡车都装不完。”

约了村里嫡亲的叔叔婶婶晚上到姑姑家聚餐，都笑着答应了，又催着我走：“迟了车不好开，阿拉等会骑着电瓶车就赶上了。”

回到姑姑家，姑丈看了看车子后备厢，笑着说：“还好，还装得下。”

列位看官你们是不知道，还有一大箱几十瓶子的油焖笋、雪菜烤笋，将随着我翻山越岭跨越大海运回江苏的家。

回乡之路就是一条打劫的路，打劫了满满的亲情，陪伴我在远离家乡的日日夜夜，不孤单，心里有爱……

十、苏州的弄堂

“苏州有很多的弄堂。”

友人一声轻轻的蛊惑，竟惹我痴了一样，失心疯的要来苏州。

我的老板听说我着了魔，匆匆忙结束在澳大利亚的度假，气得几乎要拿绳索将我绑住。只是我那魂魄早就飞到千里之外的姑苏城，刀架脖子上都追不回。

老板耍起了无赖：“走可以，工资是不发的，稿费也不给了。”

自知与老板的交情，只是笑眯眯地看着他不说话。

无计可施之下，他竟寻来一班狐朋狗友齐来劝说。

陆哥说：“你为什么要走呢？在这里生活了十年，这里已经是你的家了啊！”

失了魂的我两眼茫然，叹息道：“何处不是家呢？我那么小就浪迹天涯了，有住的地方就是家了。”

张老师劝道：“你这样一走，要是想我们了，可就没那么容易见面了！”

失了心的人是不会再有良心的，嘻嘻一笑：“放心吧，到了苏州我很快就会有一大堆朋友，绝对不会想你们。”

姚妹妹红着眼圈，将自己假冒成势利的拜金女，幽幽道：

“你到苏州能赚到那么多钱吗？你保证以后你的老板不扣你工资，罚你奖金？甚至你看一眼女同事不给你穿小鞋？”

我没心没肺地笑，十头牛拉不回的倔样，轻轻挥手作别一干不成功的说客，直直奔这温柔乡而来。

其实没有人知道，我舍却了一个编剧的阳光大道，投向苏州一个并不称心的工作，只是因为乡愁。

乡愁里，有弄堂。

到了苏州，自有相熟的朋友会面。

朋友说：“带你到园林转转吧，苏州园林可是天下有名的。”

我把头摇得拨浪鼓一般。园林虽好，却是高大上的东西，自己一俗人，尚未沁润透姑苏的烟雨，蓬头垢面闯将进去，怕是要惹这神物一身的腌臜气。

“还是去弄堂里走走吧，一身俗气沾点人间的烟火气，相得益彰。”我提议。实际是早已迫不及待，本就是奔这弄堂而来的啊。

朋友气不过的从鼻孔里哼出个不屑来，埋汰道，“好心陪你看风景不去，偏要钻破弄堂，你自己去吧，我回家打麻将去了，三缺一伤阴节。”

又交代，“饿了自己死回家来。”

我已动身，背对后面的牌疯子摆摆手，嘴里咕哝着，“不信这姑苏城的小吃填不饱肚子。”

胡乱又急投胎的扎进了弄堂里，只管满心雀跃地闯进去不问身在何处，倒也颇为自在。

这弄堂有喧闹的，也有两面高墙相夹，幽深没尽头似的，寂寥到只看到自己的身影游魂般穿梭。

苏州人果真是有股子灵气，弄堂无非是些新旧房子间杂的过道，却有主人家在门前三三两两栽了花木，令这水泥或是石板铺就的通道附了魂似的灵动起来。

枇杷青青的挂在枝上，没来由让人口腔里一阵泛酸，石榴花正艳，红白相间在风中微微招摇，无端叫人想起雨巷里那位丁香姑娘摇曳的粉裙。

最惊喜的莫过于见到凌霄从院墙垂着身高高挂下来，那简直是惊撞了小鹿，连呼吸都紧促起来，心里呼道："啊，啊，便是你了！"

那是另一种乡愁，儿时奶奶家院落的风景。

只是，这不是我要找的乡愁。我的乡愁，是弄堂里随风而来，生起煤炉的烟火味。

我的家，我是说，我十七岁以前生活的家，是隐在奉化城一个老城厢里叫作荷花弄的地方。

无数次梦里魂游的地方，在异乡夜半惊醒时，依稀残留那熟悉到生了根在骨子里着了底彩的烟火味道，这便是乡愁了。

那时候放了晚学回家，老城厢已经是一片迷蒙，家家户户都在争着抢着似的起煤炉。

起煤炉前，先要用纸或木屑引燃柴块，将要烧成炭的时候，将煤饼放入，任它被炭火炙烤得底部发红，这才用长长的火钳，小心地将煤饼的蜂窝与炉底做垫衬的煤饼对齐，炉火便旺起来了。

家家户户起煤炉，我却闻得出自家煤炉的味道。我曾跟哥哥打赌，哥哥不屑一顾，视我似神经病一般。我只好自己与自己赌，每次都是赢的，但那种骄傲却没法与人分享，到底生出许多伤感来。

并不是每天都能在走到弄堂口的时候闻到自家煤炉的味道，父母忙于生计，自然是很少在我放晚学时就到家的。

偶尔有那么几次，闻到了自家煤炉的烟火味道，在弄堂口就已经是规规矩矩了。小时候的家教极严，父母虽是世上最最亲的人，却在心里怕得要死。

往往见了父亲或者母亲站在门口起煤炉，老老实实喊一句“阿爸，侬喝早回来了”，或者问一句“姆妈，夜里有啥下饭？”

得了父亲或者母亲的回应，不吭声的回屋里赶紧把作业做了，差不多的时候，父亲或母亲就会招呼：“饭好了，过来吃饭。”

多数时候，却是我和哥哥先到家。那必定是一番老虎不在家猴子称大王的景象。

起煤炉是要劈柴的，常常为谁干这苦力活争执，惹来院里其他家的大人们围观或劝架。

而起煤炉也是讲究技巧的，自己又掌握不准，报纸或刨花做火引子，往往都烧光了还不见柴块被引燃，两张小脸却已经黑炭包公一般了。

小孩子脾气大，想必是被父母严苛的家教压抑够了，也或许是学业真的累得人崩溃，这时谁一句不合时宜的话，兄弟俩就能打起来。

往往吃亏的又是瘦弱的我，心知等父母回家拉来做后台是不可能了，告了状反倒惹毛本已疲惫一天的父母，小小的心里便装满了委屈，自然是一张黑脸又被鼻涕眼泪涂抹得不像话。

十七岁离家后，在异乡的时日，早先都是在街头的排档对付肚肠，自然就会十分想念家里煤炉的味道。

煮饭的锅，盖子开始被沸起的饭汤顶得突突响的时候，就要赶紧用桌布裹了两边的锅柄在炉子上旋转，手酸得开始撑不住的时候，锅里冒出一阵焦香，十足地浓烈了便要将锅拿下，放在一旁等饭自己闷熟。

这时，就要忙着把炒锅放炉子上了，等到锅子发烫倒入菜油，开始要冒烟的时候，那一把早已等得不耐烦的菜投身锅内，唆的一阵脆响，肚子也随之快乐地唱起歌来。

煤炉的烟火味，就是一个常年漂泊的游子的乡愁。

此刻，苏州的弄堂，虽惹起我许多睽违已久的记忆，却找不见我的乡愁。

兀自叹息，怕是极少再有人家天天起煤炉了吧，即便这样能够复制起我儿时记忆的弄堂，也已无法理解我心底淡淡的那抹忧伤。

委屈到绝望的光景，像一个被夺了玩具无处告状的孩子，想想实在无趣，就要挥别这伤感的地方，却见弄堂里一户人家门前，三个面善的老太太围坐着有说有笑。

她们的神态竟勾起我对奶奶的怀念，举起相机想要偷了这温情带走，却看见了她们手里忙着的东西。

啊！心底一阵欢快的叫唤。

“阿婆，这是青团吗？”我开心的表情，如同馋相毕露的小孩，却是不肯抬脚离去了。

“是啊”，三位老太太慈祥地看着我，手却不曾停顿。

其中一位问我：“你是来旅游的吧？你们那里做不做青团子？”

我点了点头，说：“奶奶在世的时候每年都做。”

“你是哪里人啊？”又一位老太太问，又补充道，“应该也是南方人吧？我们南方才做青团子的。”

“嗯”，我点着头，说：“老家宁波的。”

老太太们善意地笑着，齐声招呼：“拿两个吃吧，我们每年也要做好多的。”

“哦，我给钱，买两个好吗？”我惶恐的怕被人误解，急急忙忙掏着钱包。

老太太们却是急了：“不要你的钱，我们又不是做生意。”

推让着，一位老太太已经拿了两个青团塞到我手上，笑着说：“吃吃看，是不是跟你奶奶做的一样？”

尚未来得及裹上松花粉的青团，温热的握在手心里，心底一阵欢喜的轻叹，将青团子凑到嘴边轻轻咬了一口。

同样熟悉又久远的味道。

“跟我奶奶做的一个味道”，我对老太太们点了点头，谢过她们，转身，再也控制不住的眼泪，在这没有乡愁的苏州弄堂，奔涌而出。

十一、姑苏城外

这两天心里一直存着一个遗憾，为我忙于赶路错过的一处景致。

闲暇的时候，就去网上搜寻，地名倒是有，可惜没有任何关于它的介绍，大都是房屋出租的信息。

三室两厅也就月租 600 元，在苏州这样的地方却是难找的。

后来想，那个地方的房租这般低，应该少有外界造访，我当天的误入，许是冥冥中老天安排，给我机缘推开这世外桃源的大门。

当大是受邀去昆山巴城赏阳澄湖的景色，因是未曾去过的地方，所以一路开了导航。

我这车载的导航，有时候会跟我一样犯二，放着宽敞的马路不走，尽往犄角旮旯引，又因自己不熟悉路，只能任由它胡闹了。

于是，在我抱怨导航将我带入窄道，陷进一堆人车混乱之间，绝望的要弃了车时，它远远地跳进了我的视线。

人是奇怪的动物，因了这惊艳的风景，心像是被招了魂似的安静下来，手脚配合反倒灵活起来。

从一堆混乱中逃出来，却已远离了它，虽然一再不舍地回头去眷顾，终究敌不过后边的车子催魂般的鸣笛，无奈怅然而去。

庆幸在慌乱间记住了名字，下塘街。

回程已是下午，一路惦记着原路返回时一定要去见见，导航却遭了雷劈清醒了神智一般，归路是笔直的坦途，回来后查看地图，竟是差了很远的距离。

一种明明与佳人即将演绎绯色，又惊觉黄粱一梦的惆怅，这些日子始终盘踞着我。真的是害了相思了。

下了决心的当天，脑子里尽是臆想出来它的妩媚，竟是兴奋得一夜无眠。

次日上午肯定无法成行的，浑身高烧一般没有精力，恍恍惚惚挨到午后，央了同事开车，在路上竟已不能自持，犹去赴初恋之约那般羞涩与焦灼。

却又是惶惶然，因为毕竟不是独自赴约，怕同事见了真面目后，晴天霹雳一声“你念念不忘的竟是这等丑怪？”

既是来了，天打雷劈怕也是避不过去。

也罢，便是这等下场，躲不过自己装出一副我心自芳的高傲好了，反正这世人都知道，着了疯魔的人眼神和心智都是不堪的。

终是找到了，这回倒全是仰仗导航的旧疾复发，不然真的是要费些周折。

近了，自己已经紧张得不能呼吸，又果真怕同事发出不屑来，嘴上硬得很：“我上回经过的时候，唉，真的不是这般光景，可能今天阳光太毒辣了。”

其实早已顾不得别人，天雷勾地火也罢，小宇宙爆发也好，爱咋咋地，我自奔我的西施而去。

老旧的房屋节次从清澈的河道两边铺排开去，走进了才知道，两岸两个亲兄弟各有名字，上塘街和下塘街。

老一点的屋子，水泥糊的墙面似乎要整块的掉下来，却正好是水墨铺洒了岁月一般，让人感觉那种故人相逢的欣悦。

更老一些的房子，十足是岁月浸润了百年的风华，白墙黛瓦马头墙，只不堪的是，那一头原本青丝般的瓦顶，似承不住时光的厚重，将要坍塌成灰的模样。

怎会是来路的惶恐不安呢，青碧的水娉婷地穿越拱桥，将那桥照成一个满月，一路浅笑抚着青翠水草而来，浸润你绕指的一腔柔情。

我是要欢喜的叫出声来，真真没有枉费这数日的相思愁。

“真不错！”同事也发出感慨。

我轻轻地笑着，心中的得意化在嘴上，躲了天打雷劈的快乐：“对啊，你要给我导游费的。”

又被万千的风情诱惑，顾不得闲话，顾自欢欣前行。

没来由得想到一句词——“越鸟巢干后，归飞体更轻”，想不起谁做的词，更没耐烦去校对这词与此时心与景是否相衬，已是投身进逶迤的深巷。

铺展在面前的，却是你魂牵梦萦的童真年岁。

杂货铺，还是古朴的木质柜台霸气的占了主角，香烟、写字本、铅笔、橡皮擦、针头线脑，井井有条梳理着我对儿时的记忆。

哦、哦，后排的货架上，竟有装满了糖果的玻璃瓶子。“老板，老板，这还是一分钱买一颗的糖果吗？”那糖果的衣服，色彩缤纷的塑料纸，怎会跟我小时候过家家的新娘一般的呆萌。

老板看我拍照，骄傲地述说着这街巷的久远和曾经的辉煌，我却是没了耳朵，满心满怀都是这雀跃着童年记忆的糖果的味道。

隐在老房子里的理发店，依然是穿了白大褂子的理发师，如果不是他手里的剃具吱吱地发出电动的声音，真要恍惚是不是那年豁了命要剃个光头，好不容易憋足了决心，又被白大褂撵出来泄了一个少年江湖梦的发屋了。

一屋子头油的味道，从我的记忆深处，翻出了恍若隔世的影像。

“阿叔，光头，一根毛不要留！”我按住狂跳了一路的心头小鹿，学着街头青年的腔调。

中年白大褂停下收拾，打量着我，想了想，指着我说：“你是应师傅的小儿子吧！”

“烦煞嘞，又不是走亲戚，剃头啦！”我要护住好不容易起来的气势。

“死远点，我晓得侬，小鬼头不好好读书，剃啥光头啦！”硬是气势汹汹将我推将出来。

我痴傻地站在面前的这片理发店门口，面目和善的理发师一侧面瞥见了我，对着我笑了笑。这笑，挟裹着久远的温暖，几乎要让我热泪盈眶了。

的确是一个被外界遗忘的世外桃源，没有世俗气的沾染，巷子里的人淳朴得让人心生亲近。

岁月剥蚀的石板路，优哉走来一位胖胖的大嫂，自然就闯进了我的镜头。

突然想起，曾在一个被宣传和游客宠坏了的古村落，我拍摄一位坐在墙角晒太阳的老太太时，她瞪着我伸出手来，“先给钱，不给钱不能拍”。

那份惊悚猛然跳出来提醒我，还是对这大嫂讲明白了好，“呃，我不是要拍你，我是要拍这条路。”

大嫂闻言，赶快慌慌的给我的镜头让路。

看她如此慌张，心下又不忍，且又勾起我的玩兴，笑道：“我已经拍了你了。”

“拍吧，拍吧，”大嫂好脾气地笑着，又说，“就是老太婆了不好看。”

大嫂的宽容，让我释然对着每一位路过的居民按下手里的快门，仿佛我就是这古街上的老街坊，他们报以我宽厚的笑脸。

我想，我之所以在错失与古街的邂逅之后，那般焦急的再次寻来，真的是因为，初时的那一瞥，我听见了家的召唤。

十二、神仙人家

我实在没有料到，农家小院里那个胖嘟嘟的小男孩，会真的喊我爸爸。

虽然我没有占一个孩子便宜的想法，更不是要去挑拨在一旁忙碌的孩子的母亲，但的确又是我自己挑的事，这让我终究有些惴惴不安。

早上醒来的时候精神不错，这倒不是因为这天要去太湖岛上采枇杷的缘故。向来是个第二天有点小事就紧张失眠的人，况且又是单位组织的活动，毕竟更加紧张才是。

确实是药物的作用，让我安睡了一晚。

自小我就是一个疏于热闹的人，混在一群性情并不十分相投的人中间，于我并非一件欢欣鼓舞的事情。

但显然，我的脸上还是附和出欢喜的颜色，怕人说此人孤僻难相处。

这个岛显然不是蓬莱，对于交通方便了的地方，我向来固执地认为，去看它一眼足够，绝不能抱着朝圣的心情。

一条跨湖大桥修建起来，据说到了枇杷、杨梅采摘时节，这湖深处的岛上终日都是人车拥堵成灾。

特意避开双休日，岛上虽不清静，但终究没有堵在路上受这暴日的罪。

气温三十五摄氏度，有雾霾，官方的监测报告说是中度污染。听说又要修一条跨湖大桥，入了岛竟像进了无边际的大工地，四处尘土飞扬。

这般场面，即使艳遇如水的女子，怕也是尘满面、鬓如霜，自然更没有了看风景的心情。

沿途偶有几处景致，无奈随众出游，是不可能放肆到让车停下来，去遂我那么一点点本就可有可无的心意。

同车的人用苏州方言交谈着他们或许相通的话题，我虽能连听带猜明白他们的谈话，或者也可以假装很有兴趣地加入交谈，但终究是无味的。

附和也许是一种礼节，但沉默是我的权利。沉默的人是可憎恨的，我需要发出一些动静，所以我唱歌，在心底唱给自己听，一路安抚着想要逃离的情绪。

接近两个小时的行程后，车子停在了一条忙乱到可以让人的肾上腺激增到暴跳如雷的路上，一片的喇叭声，路边店面的摊子延伸到了路上，载着一拨拨游客的车子，对峙狄满了枇杷的三轮机车，挑担者的筐里也是艳黄的果子，慌里慌张躲闪铁做的怪兽们，脸上自然不是愉快的。

随着众人的脚步，转入蜿蜒的小巷。石块垒起的房子依着山脚而建，如果不是那些水泥加盖的新屋子，我的情绪显然要亢奋些许。

但毕竟是农村的模样，农舍屋前房后的一畦菜地，或是骄傲的母鸡下蛋后发出咯咯声的鸡舍，墙角长出的一两株蔷薇，终究是令人寻了一丝的清静。

偏又得不到太多的静默，窄小的巷子里不时也有三轮机车的喇叭声，都是驮着满满的果实进出，但显然没有方才马路上的张狂，骑手多数会小心翼翼地招呼行人躲避。

挑担的农人更多，偏又是上了年岁的人，男女且不分别，倒是满脸的和善。我望风景却不想挡了农人入家的道，是位五十上下的汉子，哼哧哼哧喘着气，两筐子枇杷担在肩上压弯了他的腰，手里的一根木杖分担着他的负累。

他站在我的身后不吱声，等我惊觉反过来看他，却见他两眼的歉意，嘴上轻声道，“我往里面走。”

“哦，不好意思。”我愧疚地让了道，他反倒讨好地对我笑了笑。

看着汉子往家门而去，突然醒悟过来，我方才痴迷的那墙爬山虎，竟是他家的风景。

我又开始羡慕起这汉子来。

但我的羡慕却是随着脚步愈加的累积。马头墙上垂下一串串的仙人掌，就那样种在破弃的脸盆里，却丝毫不煞风景；斑驳的木门背后，掩藏着月牙状的门洞，再往里窥视，几株显然经过主人精心栽培的月季，水红的荡漾在一丛葱翠里。

突然想到，原本这里就是神仙住的地方，曾经，这些农人神仙一样清淡而又美丽地生活着，是我，是我这般洗不净俗尘的人打搅了他们。

约定的那一家农户贵客一般迎了我们这些前来饕餮的人，满院铺排的筐子盛满了果子，主人豪迈地招呼：“吃，放开肚子吃，甜的，很甜。”

农人显然没有上得了场面的客套，所有的热情就是那唯一的一声“吃、吃”。

太湖岛上的枇杷卖相和口感都是绝佳。当我把一颗枇杷放入嘴里的时候，农舍的一间窗子突然开了，探出一颗胖乎乎的小脑袋。

三四岁的小男孩，乐呵呵地看着我。同事们戏谑，那孩子跟我的儿子颇有些相像。我虽不觉他跟我的涵儿有哪些相似之处，但天然对小孩子的亲近感，加上也的确数周没见到涵儿，父爱有些泛滥。

靠近去抚摸他胖嘟嘟的小脸。孩子毫不避生，笑盈盈地看着我，于是又逗他：“喊爸爸。”

我是预计这孩子吐我一脸口水的，不想却惊闻他奶声奶气地唤了一声，“爸爸”。

反倒是我惊愣了，与这孩子竟生出血缘般的感觉，又想到久未见面的涵儿盼我回家的委屈，心头一阵酸酸的。

这时才后悔，出门的时候竟未带吃食或是可以送人的物件，就连平日里不曾离身的手链，也竟遗落在办公桌上，不然，我是极愿意将它缠绕在这个喊我爸爸的孩子手上。

同事们在一旁荤的素的起哄，我却是满怀的歉疚和温存，捧住孩子的脸要去亲他，不想脸颊上又落下他湿润的馈赠。

我该如何是好？怎么办？怎么办？我没有东西可以送给这孩子。

欠了人的，自然心情好不到哪里去，我怏怏地离了这孩子，视线躲避着他清澈的眼睛，不敢直视。

对不起孩子，我欠了你的。

上山采枇杷的时候，看见有一座古庙，我愣了一下，只是愣了一下，脚步又随着众人前行。

下山的时候，再次经过古庙，我的心颤动了一下。突然明白了，这是上天给我的示意。

我收起满心的浮躁，虔诚地拜于供奉的佛像前。

佛祖，请你保佑这方水土年年风调雨顺，护佑那个可爱的孩子，让他的心永远充满阳光，不要让雾霾迷蒙他清澈的眼睛。

十三、艳遇平江路

小的时候，有一年从杭州转车回宁波，母亲带着我在车站踌躇了很久，有心带我去西湖赏景一次，又怕误了火车，最终听到她很轻的一声叹息，说："算了，等你长大了自己来吧。"

我倒也乖巧，并不似一般孩子委屈得要躺在地上打滚，反宽慰母亲："姆妈，不要紧的，长大了我自己来好了。"

不过还是存了一丝牵挂，不知道该如何让小小的自己快快长成大人。

人生却是过于玄妙，你确信的东西往往是最无法遂意的，如同到现在我都没有去过西湖。

来了苏州，听了太多人说平江路好白相，也就听听并未真的放在心里。直到有一天坐公交车路过相门，在车窗里远远看见"平江路"三个字，心才似被撩拨了一般。

就此又存了一个念想，哦，平江路就在这里，我一定要来看看。

真的来，却是过了两个春秋，况且是陪的客人，指名道姓要去平江路。

那一次邂逅，并没有留下太多的记忆，只是感觉这条街人很多，古旧的房子也很多，跟着客人乱哄哄的进进出出每一家店铺，脚底板生硬得发疼。

实际上陪人看风景是最累的，那风景仿佛别人的，你看一眼都像是偷来的。又要跟人一路搭话，不说话倒似待人不够热情，又要找话来说，冷了场也尴尬，而且还要找别人喜欢的话题，自己烦了不说，连那风景都不耐烦起来，嫌你干扰了看客对它的欣赏。

这天，终于将拖欠了很久的稿子赶了出来。看看天色不错，伸懒腰的时候突然又想起它来，愣了好一会，听见自己对自己说："这次，你就去遂了心愿吧。"

怕开车到了市区不好找车位，干脆坐公交，幸好实在没有几站路。到了站台，显示牌告知还有5站车才来，大太阳底下晒了一会，又开始犹豫到底要不要去。

懊恼着自己的左右摇摆，车倒来了。于是，愤愤瞪了一眼被太阳烤糊涂了的显示牌，上车去赴一个人的约会。

依然还是那条水陆平行的古街，工作日的缘故，人倒不多，三三两两从浓荫中走过，却是惬意。

不紧不慢，因为是自己看风景，步子就从容了许多。

除了小桥流水枯藤老树，古街、古镇永恒不变的基调，就是那些据说很有特色的店铺了。

几株绿萝或是薄荷、含羞草，显然都是主人精心设计过的，看似没有章法的摆放，却使得陈旧的房子突然有了生机。

我突然在想，那些斑驳的墙上挂下来的攀爬植物，是不是也隐藏了一个个灵魂，否则它们哪里来的欢欣，竟让自己水墨画一般铺洒开来，偏又商量好的，些微的风吹过就哗啦啦地唱歌。

店铺自然是不进去的，我总怀疑每一片店里都会在暗处躲藏着一双狡猾的眼睛，随时要扑将过来，叼了你口袋里的钞票一口吞下去。

所以只看风景。

桥下的河道里有个人在浮浮沉沉，边上有人围观。初时以为是有人落了水，忍不住替他着急起来，又打量自己狗刨的水性能不能将他救上来。

后来听人在喊“拿脚去踩踩看”，才惊觉自作多情了，只不过是岸上的人家在捞游客脖子上掉落的金项链。

游客好像已经走了，打捞的人听说已经在水里泡了半天，便是这三十几摄氏度的气温，看那人仍架不住的哆嗦。

看来，这种洋钿是不好赚的。

坐在河道的护栏上，边上有卖糖粥的，要了一碗细细吃着，一只猫远远地望着我。

放了碗，捡了一片落叶，在地上表演蝴蝶的舞蹈。果真是好奇害死猫，瞧它瞪圆了眼珠，观察一阵，犹豫一阵，终是架不住诱惑，一身杂毛径直奔我而来。

拿手去触摸那一身皮毛，倒似很享受一般。干脆就把它抱了起来，把剩下的糖粥让它舔了个干净。

糖粥有些腻人，站起来去寻水喝，那猫竟跟了一段路。路上帮着猫咪躲避横冲直撞的电动车，不觉错过了卖冰水的铺子。

因为自己也要躲避迎面而来的人，那些人大声说着我听不懂的方言，眼睛只顾直勾勾盯着店铺的商品看，害得我也假装不成游魂。

待回头再去找那只猫时，它已经不见了，倒是见一条土狗，夹着尾巴，张皇地在人车之间穿梭。我一度怀疑，这条狗就是那只猫变的，只不过是同样的灵魂换了个寄居的躯体。

狐疑地盯着那狗，看着它狼狈地走远，发觉自己已经站在一家茶馆的门口。

倒不是为了要喝茶，自己早已被苏州上好的碧螺春养刁了味蕾，再不会轻易去外边让不入流的茶叶倒自己的胃口。

只是莫名其妙受了蛊惑，不自觉走了进去。

沿河的茶肆，只四五张桌子，大白天屋内犹如黄昏，几株绿萝从掏空的灯泡里垂下来，和受了痒似的叫唤个不停的风铃纠缠在一起。

或许我进店的本意，是要将这绿萝解救出来。

正发着痴，却听一个男人轻柔的声音传来，“茶叶在柜子里，杯子消过毒的，喝茶自己泡就行。”

赫然惊觉店主就隐在最里头的茶座，头也不抬兀自对着一本书啃手指。第一次遇见这等厚直的生意人，不觉就笑了，说了声“打搅”，逃到街上还憋不住的笑。

傻呵呵的一路走着，时光倒也过得快，不觉已是黄昏。

坐在猫的天空书店外面，想着再发一会呆就回去。

有个驼着背的老妇在叫卖白兰花，还有茉莉串起的小花环，正经苏州味道的腔调，在这古街，恍惚时光穿越。

此刻，她纠缠着一位独处街边咖吧的少女：“买一朵吧，多香啊，一整天都香的。”

少女摆摆手：“我不要的。”

老妇干脆从提篮里拿了两朵出来，放在少女的桌前，“送给你，不要钱。”

少女看着老妇，轻蹙眉头，但显然是个好性子，又摆了摆手道："奶奶，我真的不要，我对花过敏。"

不清楚老妇是打定主意要做这笔买卖，还是真的想把花送人，但她驼得直不起的腰，让我怀念起感情上并不亲近的外婆。

"阿婆，给我两朵，"我走了过去，看了看她的提篮，还有一束茉莉花环，"这个也要了。"

老太太没有坑我，说什么只收三块钱。二十块的钱递过去，很抱歉让她找了半天的零钱。

白玉兰我自当带回去挂在车里，可以清香好几天，茉莉花环却费我心思，且不说自己不会犯花痴，就是这粗野汉子的手，也撑不进这娇弱的花环。

眼疾手快，见有年轻的母亲牵着小女儿的手经过，把花环轻轻放在孩子的头顶，欢快地说："小妹妹，这花送给你。"

我相信，只要你是善良的，你遇见的人必定善良。是的，那位母亲对我笑着点点头，有着少妇的娇羞，却又温柔地嘱咐女儿，"阿宝，要谢谢叔叔啊！"

在夕阳的余晖里，有淡淡的薄雾，此刻我是天使，含笑轻轻挥手，作别这一季的相思。

十四、夜游甪直

再卑微的日子，也需要骄傲地活下去。

给灵魂一处安放之所。如同我们时常对着天空泪流满面，这段人生的恋爱，即便没有伴侣的出现，同样为内心充满了憧憬。

我像一条落拓张皇的野狗，在欲望世界里挣扎。

四处都是铜墙铁壁，嘈杂的人流、车流，高楼遮蔽了蓝天，压路机碾碎霓虹，人们面无表情地在街道穿梭。

如同欢庆世界末日来临一般，夜排档里喝醉酒的流氓，嚣张的诅咒声撕裂了夜空，酒瓶子碎裂的玻璃碴，刺痛了城市的心脏。

这是一场蓄谋已久的逃离。

我睡掉了整整一个白天，因为白天不属于寂寞。

当时针指向六的时候，我起床去赴一场欢醉。戴着“面具”的聚会，每个人都各怀着心事，热烈地拥抱或是碰杯言欢，假面的背后并不会天涯变咫尺。

在泪水即将冲刷掉浓妆艳抹的快乐之前，我扔掉酒杯，披着夜色向城市的尽头奔跑。

亥时的钟声敲响，甪直古镇笼罩在薄凉的雾气里，一天的喧嚣已被入骨的秋凉驱散。

汩汩的流水声，蜿蜒过青石板铺设的长巷，老式的电灯泡，忽明忽暗悬挂在转角的屋檐。

走过长长的廊桥，两岸，白墙黑瓦的房子把自己的影子放进菖蒲丛生的河道，似一位羞涩的姑娘，怀着春事对镜梳妆。

我倚着栏杆发呆，直到一条鱼儿在水中跳跃激起一阵涟漪，这暗夜的激荡惹得我一声轻笑，似乎一个偷窥者被抓了现行，倒不禁脸红起来。

深巷幽幽，并不是每一处都有斑驳昏黄的灯光，恍若时空的穿越，我在长巷里游荡。

巷子的一面是水，一面是店铺。

度过了白天的繁华，店铺大都已经打烊。

一条条陈旧古老的木板已经掉光了漆，像是豁了牙的老头，顽童似的站在店铺的窗台和门槛上，仿同城市里的每个楼栋口，总有几位老人充当门神。

偶有一家杂货铺还亮着灯，与其说是在营业，倒更像是为我这般在夜色中游荡的灵魂照亮。

见有客人来，老板倒像是吃了一惊。

我要了一包麦芽糖，分量很足的一包，只要十块钱。

放了一块在嘴里，嚼了几口，黏在牙上下不来。

这让我想起儿时追着挑担的卖货郎的情形。

听到拨浪鼓声在巷子里响起，赶忙火急火燎的满屋子寻找牙膏皮或者旧皮鞋，有时大人不在家，顾不上牙膏才用了一半，或是那双皮鞋是老爹出客的装备，急吼吼拿在手里冲出门去。

卖货郎端详了一阵我递上的物件，随手丢进货担一头的竹篓里，又掀开另一头扁平筛篓上的蓝花盖布。

这时，我的内心既期待又担忧被占了便宜的心情占据着。

直到卖货郎用一把榔头轻轻敲打手里的小铲，敲下一块麦芽糖来放进我的手心，照旧是先掂量了一番重量，又装腔作势嚷嚷道："侬骗小人！"

卖货郎好言好语："阿弟，我已经亏本了！"

但我岂肯饶过，依旧叫唤。

"伐要吵煞，侬伐要吵"，卖货郎摇头叹息，笑着敲下一点面条细的糖块塞给我。

因为怕被大人发觉又做了件败家的事，麦芽糖一到手必定是急忙往嘴里塞，就像现在的我，糖块黏在牙上，猴急的仿佛牙疼。

老板见了这副囧样，笑着端了杯水来，"漱漱嘴就好了"。

嘴里嚼着糖，继续在深巷里夜游。

角直是典型的江南水乡，水多，桥也多。暗夜中的桥守着脚下潺潺流过的河，如同我在深巷独行一般的寂寞。

此刻，夜风微微掠过，我是它的风景，它是我的风情。一片树叶从头顶掉落，夜朦胧，看不见它化桨化舟顺流而去的慷慨远行。

站在桥头，岸上的房子印了树的影子，古怪迷离，树在风中伸展腰肢的时候，白墙上妖魔鬼怪全部都苏醒了。

我不禁在想，这暗着灯的房子里面，它们的主人正在做着什么事体，虚掩的窗栏背后，有没有一双眼睛在偷窥我。

见不到一个人影，却有一只猫在我小憩驳岸的石凳时，不屑于我的勾引，枉自盯着树梢发呆。

一只雀儿骄傲地伫立在树梢。

这好像我奶奶家的那只猫，它总是整晚蹲在屋顶的飞檐上，虔诚地望着月亮。

夜已深，我从深巷出来时，一座夜灯装饰的桥，恍若银河爆炸般出现在我已经适应了黑暗的眼睛里。

有一阵笑声传来。

“囡囡乖，慢慢走，伐要跌跤！”一对年轻的父母追着扭扭歪歪走路的顽童。

我捏了一块糖去逗他，他柔软的小手抓了抓我的手臂，不肯要我的糖，却伸了伸手要我抱。

年轻的父母与我点头轻笑，相互不曾搭话，却似有人类之间久违的温暖。

在转角处，一面墙上的涂鸦很让我怀念小学时的课本，那些空白处被我填满的妖魔鬼怪的画像，与这夜中的古镇一般，怪诞而又亲切。

十五、一夜安眠

天，竟不知晓，穿越了大半个江南，在此地觅了个好觉。

本是因江南春晓撩人，至吴江，访友到黎里，不承想，一脚踏进去，竟遇见魂牵梦萦的少年故乡。

古镇绵长，抵达时，旧宅深巷里，已是灯火阑珊。友人款待，相聊甚欢，不觉已至夜半。

出来时，见一汪碧水穿镇而过，两岸皆为老宅旧屋，青砖黛瓦、雕花庭院，重门深锁处，似掩藏着许多不为人知的故事。

长长的檐廊，静谧无声，浅淡月影下，光阴落满一地，无从捡拾。

偶有行人经过，沉默不语，走过古老的石桥，在月色中朦胧成一道短暂的剪影。

友人说，今日住宿，一人独享一座宅院。

宅院的门，开在廊桥边，正对日常泊船的河埠头，稀松平常，如旧商铺的门片。

入内却是大有乾坤，前后四进，上下两层，古朴生香，兼有回廊天井相通，倒不似方才寻思，灰尘满地，栋梁结了蛛网，杂草丛生，青苔层叠的古宅凄景。

这般宅院，在古镇一座挨着一座，间或有明暗不等的弄堂隔分，旧时多为清代名臣周元理一族家产。

因了少年家园也曾此般，对于老宅，我是心无所惧的。

大抵住过老宅的人有过经验，房子因为老了的缘故，常有不明生物同居，夜半总能听到，院门的木闩，被轻轻拉开，之后便无声息。或是忽闻有重物坠地，惊扰清梦，掌灯去寻，却无一物。

我是崇敬神明的，那些异界精灵，此生若有机缘，倒也愿与之相逢，或可生一炉薪火，泡一壶野茶，抵足至天明，而后各寻归途；或可托梦，我当焚香拜月，为他们祈求平安，去往无尘境界，魂魄有寄。

卧室在二楼的第三进，卧榻仿古，虽未雕花，实木红漆，敦实大气，一顶蚊帐遮密四周，檐上有盏莲花灯垂挂下来。

友人恐我凄惶，于静室烹茶闲聊良久，子夜归去，听得楼板一阵踢踢踏踏，忽又折身，问我，“真的不要陪你？”

楼下也有卧室，格局与二楼大致，我笑笑，对他摇首，送至宅院外，自落了门闩，折返卧房，沐浴净身后，拥被入眠，竟是一夜无梦。

多年未曾有这般好觉，天刚蒙蒙亮，不觉醒来，漱洗后出门。

朝霞尚未升起，淡月还在宅院的檐角悬挂，早有晨起的居民，蹲于河埠头，洗洗涮涮。

斜靠廊檐下的歇椅，看碧水微漾，古朴的桥，高大的飞檐，统统投影在水面，在薄雾中恍若水墨长卷。

当年祖母体健，也是这般辰光，拉着我的小手，跨过故宅的木门槛，走在清晨的石板路上，沿途有雾气，似稀释的牛奶，包裹着晨起的霞光，宛若仙境。

正出神，忽闻一阵脚步轻盈，循声目视，却是一位年轻妇人，面目清淡，她手腕中的篮子里，装着新摘的水芹。一只翠润的玉镯，挂在腕间，无端生了几分妩媚。

见我瞧她，妇人竟也不恼，淡淡颔首一笑，翩然而过。

晨光乍起，河岸石缝里的迎春花，园圃里的红梅艳李，霎时清晰，刺晃得人紧忙闭上眼睛。高大古宅的院墙，飞檐走壁，有年轮浸润的痕迹，斑驳得令人心生亲切。

偶尔会有恍惚，这一座座宅院，历经千百年的沧桑，那些雕梁画栋的美丽，究竟有过怎样兴衰浮沉的故事？

古镇苏醒尚早，少有闲人游走，经过一条暗弄，墙壁上烛火幽幽，仿佛看不到尽头，不禁让人担心，会有鬼魅突然跳将出来。

弄堂狭窄，若是前方有人，必得有一人紧贴墙壁，才不会阻碍交通。

入得里来，先前还能听得几声犬吠，走过一段，周遭再无动静，世界就这么静了下来。

视线适应了光线后，我才惊觉，弄堂里有一扇扇紧闭的木门，透过缝隙，窥探进去，竟是人家庭院，别有洞天。

待得出来，将自己浸身于朗朗乾坤，蓦然回首，巷里巷外，恍若变幻了时空，光阴在这里，仿佛不曾有过交错。

与暗弄远远并行的，必定有条明弄，剥落了白浆的青砖院墙，布满苔痕，厚重的木门与高墙，封锁住庭院深深。

我无心驻足，推开老旧的门扉，叩问它浮世的从前。因为我知道，繁华世景，终不及清风明月这般简静宁和。

我虽在此邂逅少年的故乡记忆，却也了然，只是过客。

浩荡的风烟，因了久远的时光，终将归于平静。与其费尽一生力气去争夺输赢，不如安心做一株浮萍，随波逐流，随遇而安。

十六、乌镇老街

大运河蜿蜒流淌过老街，河里的船越来越少，老街也越来越老。

古老的房子，残旧的门板，青石铺就的街道上，老奶奶坐在家门口的阳光里，在一个个剖成半的蚕茧上绣着“福”字。

红绳子一穿，就好似一双双的绣花鞋，10 元一对，只是买的人很少。老奶奶依旧年复一年、日复一日，笃定地守着她的“鞋摊”。

阳光打在她的满头银发，把长长的影子拉进了狭长的街巷，像一座雕塑。

浑浊的眼睛躲在厚厚的老花镜背后，你蹲下身去与她说话，她慈爱地看看你，嘴里跟你说着话，手里的活儿却不曾停下。

这里是乌镇，南栅老街。

到乌镇多次，老街却是从未去过，原本也不曾听说过，只是这一次百无聊赖，坐进了一辆人力三轮车，吩咐车夫“随便转转吧”。

憨厚的汉子想了想说：“我带你去老街转转吧。”

后来知道，这些三轮车车夫都是持证上岗的“外围导游”，50 个铜钿就能带着你转遍老街，兼当讲解员、摄影师、购物砍价师，是老街旅游之必备。

老街是原汁原味的生活区，一样的依河而建，一样的白墙黛瓦，和东栅、西栅这些整修过的景区不同，没有人为刻意雕琢的痕迹，倒更像是泡了水的炭笔素描，千百年的风霜雨雪，你无从想象那些曾在这里熙熙攘攘过的繁华，但是当你投身这小桥、流水、人家，在这久远的灰色里，重重锤击心灵的，恰恰是那岁月的深沉。

和所有江南落寞的老街一样，入口很长一段都被各色店铺占据，当地的特产和手工，姑嫂饼、三白酒和杭白菊，还有蓝印花布制成的钱夹、头巾、扇子，玲珑精致的绣花鞋，挤满了逼仄的街巷。

三两家老旧的茶馆，和几家生意清淡的小饭馆穿插其中。对了，还有一家铁匠铺，老师傅打制的菜刀锋利无比。

只是来的人少，进入街巷的任何一张陌生面孔，都会被热情地邀请一番。

当然没有人强求于你，那招揽的声调，假如你听不懂这柔糯的吴侬方言，我倒是愿意将这错讹地传递与你，仿同我这久未归家的游子回到家乡的那一刻。

“啊，侬是阿刚伐？阿刚啊，侬回来了！快，到屋里厢吃杯茶！”

“哦，阿刚啊，嘎多年数莫回来过了！来来，昨日山上刚采的杨梅，快来！快来！”

我是极为讨厌景区里那些带着各地口音的店铺，因为在听到这些招徕生意的口音时，你几乎要诧异自己究竟在哪座城市。

而老街上这些原汁原味的“乡音”，虽然不一定听得懂，却是温暖的，因为他们无时无刻不在提醒我，你在乌镇，在乌镇！

就算他们从嘴里憋出来的乌镇普通话，也会让我想起我那不会讲一句普通话的姑姑，在我把外乡媳妇带回家时，那种几乎要难煞到冒汗的表达。

老街太老，老得有时让我担心那些房子会突然向你扑过来。老街也已没落，有时候你走着走着，突然发现整段巷子里只有你的影子跟着你。

虽然已经迟暮，但就像没落的世家一样，好歹也能拿出一两件普通人家没有的宝贝。

在乌镇，老人们都知道一句俗语，叫作“徐东号的牌子，张同仁的银子”，徐东号是典当铺，因为掌柜仁义故此铸就金字招牌，而张同仁则是以前乌镇上唯一的钱庄，“铜钿多得数都数不过来”。

张同仁老宅就在老街的头上，现在已经破败，张家后人守着老宅，允许游客入内参观，一人收取一元的入门费。

里面有乌镇仅存的一处砖雕门楼，分上下五层，瓦檐下面四层，上面一层，顶层两侧有两条草龙。

因为龙在当时是天子的象征，所以民间只能用草龙，而且不能完整，只有龙头而没有龙身龙尾。

门楼上题有“长宜子孙”四个字，令人唏嘘不已，张家老祖宗的美好愿望与眼前的破败景象放在一起，无法不让人感叹世事无常。

但儿孙自有儿孙福，张家的后人守着这处宅院，脸面上倒没有失落之感，主人热情地为客人讲解这座宅院的典故，更不吝啬帮客人选最好的角度拍照留念。

老街的中段还有一处老宅，名曰朱家老宅。朱家老祖宗朱恒利，以前是开染坊的，在当时是乌镇排名第二的大户人家。

老宅是典型的晚清风格建筑，进去参观也是收费一元，全部落入仍旧住在这里的朱家后人的口袋。

“朱恒利染坊”金字招牌放在门厅外，是两瓣残片拼合起来的，因为在“文革”时招牌被劈成了两半，一半字面上的金粉还被人刮了走。

比起张家宅院的破败，朱家老宅算得上高富帅，屋前屋后被主人打理得井井有条，前后院的盆景花草，廊檐下的鱼缸锦鲤戏荷，都彰显出世家子弟的一股清雅之气。

老宅里保存着以前用过的旧物，包括马桶在内，各种器皿、手炉、烘脚炉、饭盒、古钟，都陈列出来供游客观瞻。

一件有着三百多年历史，朱家老祖宗曾经穿过的黑丝旗袍挂在客厅的墙上，华贵的绒面上蒙了一层薄薄的灰，或许是年代久远的缘故，可能那也并不是灰，而是时间流淌的痕迹。

有人在赞叹朱家当年的浮华，而这件旗袍，让我无端想起张爱玲的句子，“生命是一袭华美的袍，爬满了蚤子。”

老街是见过世面也经历过磨难的。

老街上有一座南北向横跨在古运河上的桥，上面刻着“福昌桥”三字，但当地人都称它为浮澜桥。

这是乌镇最古老的一座桥，为单孔石拱造型，相传为明宣德年间镇人浮澜先生壶敏所建。虽然在正德十三年重建之后，因“后人罔知其原”更名为福昌桥。但当地百姓感念浮澜先生的善举，口头上始终不曾改名。

桥栏上塑有几对石狮，有几只狮子的耳朵已经残缺，老人们说那是被日本鬼子打掉的。

“有些历史年轻人已经不知道了”，蹲在家门口抽着水烟的老爹说，来老街的人越来越少，住在这里的年轻人也全都搬了出去，“真的是老了！”

这一声叹息唤来了满目的沧桑，如同张家、朱家这样的世家，家道衰落终究也要挣扎着生活，守着一份祖宗的荫护到底也是前世的福报。

老街终究会老去，有机会还是去看看吧，就像你挂念家里的老人一样，终究有一天，他们再也不会守在门口等你回来。

十七、红颜知己

这江南的雨真格是呆萌，初冬的天，竟淅沥沥下出一个阳春天来。

黏湿如蛛丝般的雨，将这江南的水乡兜头网住，我站在锦溪的廊桥，眺望湖心的陈妃水冢。

香魂寥落在此，岁岁年年。若是真有轮回，这佳人如今是谁家的俏姑娘？

或许于我，心心念念的锦溪之行，是为着奔她而来。

哪个男人的心头没有醉卧疆场的豪迈？又有哪个男人未曾祈盼“红酥手，黄滕酒，满城春色宫墙柳”的万般柔情？

野史中的陈妃，该当是男人们心中的那位红粉。

我的少年曾有过一段笑话。那年与小伙伴钻进深山的寺庙游荡，守庙的老头仔细将我端详一番，点着头说：“侬是帝王转世，侬会做很大的事体。”

不知道老头是否要骗我衣兜里可怜的零花钱，还是故意逗弄不经世事的顽童，我竟是信了。

那些年，我一直在寻找我的江山，我的三千粉黛。

倒是一直没有大的作为，稀里糊涂到了中年，那番挣扎着要世界给个说法的心气早就消磨殆尽，也体味到纵有三千粉黛却无一人懂你，是何等的悲凉。

只是梦里，总有一道模糊的魅影，在远方为我金戈铁马的沙场擂鼓助威。也时常半夜披衣起身，仰望窗外的月光，嗟叹，谁人为我铺纸研墨，听我诉尽这断肠的惆怅？

若我真是帝王转世，我不要这盛世繁华，只做壮志未酬的宋孝宗即好；若我真能选择佳偶举案，我不要三千粉黛，只求陈妃一人。

我只愿御驾亲征痛杀金孽，横刀立马仰天长啸，不经意的一次回眸，她在高处为我擂鼓，战鼓阵阵，这疆场便是涂满血色的玫瑰花园。

我只愿凯歌班朝，在这如网般密织的江南秋雨中，拥了佳人入怀，在这湿了苔痕的青石路上且歌且行。

但我终究只是一介凡夫。游湖的船绕了香冢而过，却不曾登岸。船家说，这是禁地，俗人是登不得的。

罢罢罢，休了这凭吊的心思，上岸买酒醉他个千秋万载不归路。

过了穿湖而过的石桥，入了这坐南朝北的莲池禅院，僧人正在为信众们的一次放生仪式做着准备。

青灯古佛的生活是清苦的，但我却唯愿能成为这僧众的一员，日日夜夜守着陈妃，等待着轮回的恩赐，与她绝唱一世的情缘。

入得庙内的文昌阁，我又变了卦，似乎将自己幽禁在这阁内，望着一池的秋水，年年岁岁看莲花开了又谢、谢了又艳，一支秃笔画尽佳人的风情万种，倒也欣然。

这终究是一个放浪汉子的痴梦。这江南的雨未曾停歇，跨坐上下塘的拱桥倒映在流淌了千百年的溪水中。

好圆满的结局！

只是这圆毕竟一半是虚空的，它浸在水中，望得见却得不到，如同这人生，怎敢祈望十足的圆满。

我踌躇在布满苔痕的石板路上，雨潇潇、风萧萧，猛抬眼却是延绵开去的红灯笼，将这即将萧瑟的冬天映衬得喜气洋洋。

不知谁家的孩童点了个爆竹，淡淡的硝烟味在深巷里弥漫开来，千百年的风尘和传奇，恍若斑驳的老墙，真实地扑面而来。

这是一个可以让灵魂休憩的地方。我似乎看到宋孝宗站在此地，望着漫天的飞絮，一声声念叨着我此刻正在念叨的话语。

或许，陈妃是最最幸福的女人，有个对她心心念念至死不忘的男人，念着她的种种好处，想着她过往的一颦一笑风情万种。

而她，却可以生生世世在这幽婉的江南，在这密织的细雨纷飞中，矜持地等待他再一次回来。

人生的美好，或许是因为还有期待。那么爱情呢？也许，正如同这寂寥的古镇，结满了丁香一样的离愁，但终归让你心心念念，期盼着另一次的重逢。

因为，她收藏着你很多的故事。

十八、相城金砖

单位有个苏州阿姐，每年春天，她都要熬制许多虾籽酱油赠送亲朋。有幸尝过她送的酱油，透到骨子里的鲜，味蕾自此有了印记，再也难忘。

我曾想给钱央她多做几份，不料果断被拒，“送你是可以的，卖，却是不卖，我花这么多心思不是拿来卖钱的。”

见过她熬制的工序，先要买来活蹦乱跳的阳澄湖带籽虾，一只只用牙刷将虾腹上的卵刷下来，几番淘洗干净后，再拌入上好的酱油，随后用文火细细煨，虾籽的鲜味与酱油的醇香，在火的催化下慢慢融合，至酱油微微发黏方才出锅冷却，再灌入一支支事先用沸水煮透又经暴晒沥干的酒瓶内。

一锅虾籽酱油熬成费时费力，单单刷洗虾籽就要花去大半天光景，更别提人一刻不离在灶火边观察火候和翻搅的时间，紧紧凑凑顾不上吃口囫囵饭，一天也就过去了。

苏州人对吃的讲究和挑剔，这些年算是领教了，只是也就以为，苏州人的讲究和挑剔仅在吃上。

不过，当我偶然闯进位于苏州相城区的金砖博物馆，触摸那一块块敲之铿锵有声，色似黛玉、光滑如乌金，曾经铺设在紫禁城金銮殿内那一方方产自苏州的金砖时，我瞬间明白，苏作的精湛和姑苏自古的繁华，正是因为苏州人对事物的这般讲究和挑剔使然。

金砖是出产自苏州相城区境内陆慕御窑，用于皇家建筑中的宫殿、坛庙和陵寝铺墁的大方砖，现为国家级非物质文化遗产，至今仍在当地传承制作。

因其质地密实，敲之有金石之声，古时专运“京仓”，且在阴阳五行学说中，铺地之砖由“土”生“金”，其“水火既济，其质千秋”的属性有江山永固、久远恒长的含义，所以自明代起，民间及宫廷档案中就有“金砖”之称；到清代康熙年间，所有铭文、行政公文及帝王谕旨正式直呼“金砖”。

古老的金砖烧制工艺极为复杂，制作工序达到二十九道之多，围绕一年二十四个节气，顺应天时进行取土、练泥、制坯、阴干、装窑、烧窑、窨水、出窑，繁复琐碎的工艺，使得一块金砖的最终形成，几乎要耗尽窑工一年的精力和心血。

在博物馆内，有一块未经烧制的砖坯，用利刃在其上刻画，也仅留下一道浅痕。光是砖坯就已经硬如顽石，更何况成砖呢？

据说金砖的用泥，不是取来即可用的，光是用水洗就要洗上好几遍，沉淀后一遍遍用细筛过滤。一堆泥坯的形成，需要经过3个月左右的澄、滤、晾、晞、勒、踏六道工序。

除却前期的繁复，砖坯形成后进行烧制，也并非一把火的事情。先要用麦柴、稻草、砻糠等作燃料，文火烧上一个多月，再以片柴烧上一个多月，最后还要用松枝烧上40天，5个多月的烧制过程中，人必须寸步不离地控制窑温，既要防止火势过于激烈而使砖开裂，也不能让窑室内的温度过低，或熏烧时间不足烧出发黄的“嫩火砖”来。

烧制过后还要暂水，通常三百斤砖瓦需用水四千八百斤。从密封的窑顶持续放水，慢慢渗入窑座之中，水遇到高温化为蒸气，与窑内的火神意相感、相斥相容，促使砖在窑内产生窑变，从赭红色变为青黛色。

如果说苏州人的味蕾讲究食材的顺应时节，那么这块金砖，则是苏州人顺应天道的缩影。何时取土，何时练泥，何时阴干，何时烧制，都必须遵循节气的变化，否则同样的工序、同样的泥土，却是怎样也炼不成金銮殿内的金砖的。

而骨子里的挑剔和讲究，却又如同这金砖一般，表面却朴实无华。苏州人走在大街上不张狂、不慌张，淡定又沉稳，但是一开腔，一句软糯的“倷好”，就已是浓浓的江南韵味扑面而来，恰似发源于斯的百戏之祖一昆曲，布景简朴，但伴着水磨腔一阵水袖长舞，却是绕梁三尺，惊艳了时光。

于是，这砖便不是砖，它是一块块依附了苏州人灵魂的美玉。

玉者，国之大器。苏州人可担大任，去苏州古城的小巷小弄走一走，历朝历代多少的达官生于斯长于斯；苏作可传世，去看看那一座座奇巧的古典园林，去看看那绣娘一针一线画出来的双面绣……

十九、太平老街

你去过老街吗？你眼里、心头的老街是怎样的？

是青砖黛瓦马头墙还是老树枯藤昏鸦的小桥流水人家？

那只是所有老街的基调，或者，仅仅是表面的一张皮。

昨天我去了一趟老街，苏州相城的太平老街。

去了太平老街才明白，为什么老的东西那么让人敬畏！

你有过在一间房子里被许许多多人包围着，叽叽喳喳跟你说他们故事的经历吗？

不，太平老街没有那么闹腾。只是你去过之后，你的心里就是这么闹腾。

你怕了吗？别怕，如果你不想与老街的灵魂交流，那里也就仅仅是一座老街罢了。

老街真的已经很老，假如那些残破的老房子能够奇迹般地复活，那些河浜以及那些老桥，全部越过风尘情景重现，你就会明白，唐伯虎、祝枝山、苏东坡，这些当年文艺界的大V们，何以对此地念念钟情。

老先生们光是住在这里还不觉过瘾，偏偏还要泼墨留诗将这咏叹调流淌百年千年，真真难为煞我等文艺小青年，搜肠刮肚得来的词句，终究缺少了那股韵味。

老街的形成与一位大官密不可分，似乎这条老街的房产，当年都是这位大官的。

他叫王皋，南宋名臣，与岳飞意气相投，官至太尉、柱国太傅。

建炎三年，王皋护送宋高宗驻跸平江府（今苏州），经过益地乡荻扁村（今相城区太平镇王巷村），感觉这是块风水宝地，于是在此落脚安家。

王皋的大儿子后移居昆山，被称为东沙支；二儿子留在太平，被称为中沙支；小儿子去了无锡，被称为西沙支。王皋由此被尊为三槐堂王氏远始祖，直到现今，每年都有大批海内外王氏宗亲前来老街认祖归宗。

王皋一生爱国，极为重视家风。现存于太平禅寺外侧的王氏祠堂，仍旧留存着一块踏脚石，上刻“實面”二字，“實”意为诚实、真实，“實面”二字刻在宗祠的踏脚石上，或者就可以解释为：子孙进祠堂面对祖宗，要牢记、自省“老实做人、诚实做人”的祖训。

如果你能够静下心来，在老街的每一条弄堂里放缓脚步，老街千百年的风情会毫不吝啬地向你展现。

河浜北面有座老旧老旧的房子，名为沈宅，至今仍依稀可辨四进的厅堂，这里是抗战初期苏州第一个中共县级组织——中共苏州县工作委员会所在地。

过了沈宅，有一处残存的明代粮仓，白墙剥落，露出里面齐整整码起墙体的小青砖，拿手去触碰，一股历史的冰凉与潮湿，瞬间侵入肌肤。

老仓库外面的院场，建于民国时期外形像极蒙古包的几座储粮库，至今屹立不倒。站在此处，时间长了，真的会恍惚自己不在江南，而是在大漠深处彪悍将士的营房。

过了利民桥，河浜的南岸有条牛场弄，相传是当年镇上进行牲畜交易的集市，西牛场弄还保留着一条暗巷，这里似乎从未被阳光光顾过，全长十几米的巷道，逼仄中似乎还隐藏着随时会跳将出来吓人的鬼魅。

当我走在这条暗巷的时候，不知谁家的留声机里播放着咿咿呀呀的评弹，时光就这样不紧不慢地把人带到了历史的深处。

巷道的尽头，是京剧《沙家浜》中胡传魁的原型——胡肇汉的老宅。

胡肇汉先是与江抗合作抗日，后又公开叛变与人民为敌，1950 年落网后经人民政府公开审判被枪决。

似乎坏蛋们的下场都很悲剧，历史是如此的公平，胡肇汉老宅几乎已经被风尘剥蚀殆尽，徒留了当年房子的地基结构。

只有那残存的青砖黛瓦马头墙，还在宣示着当年主人曾有过的浮华。

出了牛场弄，就是九思街。老人们却说，当年这里叫作狗屎街。

并非这里居民曾经养狗成患，而是因为当年，据守苏州的张士诚与朱元璋争当老大，最终苏州城破，张士诚仓皇出逃。苏州百姓为保护张士诚，沿途插“狗屎香”为其引路，故此才有这条街的典故。

就在九思街上，有一处保留尚且完整的宅院，这是胡肇汉老丈人家的房子，叶飞率领的江抗二路进驻太平时，就是在这里与胡肇汉进行了收编谈判。

老街原本没什么，破房子、破砖破瓦破石桥，但老街却又像幽魂附了体，当你从老街走出来的时候，有一种大汗淋漓的感觉。

那么多的故事，那么多曾鲜活存在于这个世界的人物，全都拥挤在这么一处弹丸之地，唠唠叨叨滔滔不绝地争着给你讲他们的故事，然后让他们的故事侵入到你的灵魂中去。

这老街，由此烙印在了你的灵魂底处，再也难以挥去。如同太平禅寺外的那株存在了九百年的老银杏树，它又怎能挣脱得掉落在身上那枚枸杞种子，数百年相依相存供养它成了一丛老藤。

我们的身上同样背负着历史的印记，我们更需要从认清这些印记的来源，去梳理自己的灵魂，在这世间坦坦荡荡地前行，直到那缕魂魄归位于祖宗面前时，能够毫无愧色地说："这辈子，我活得明明白白！"

二十、夜泊江南

这场雪，究竟是积了多少的委屈，在这雕花朱漆的窗极外，在这无人喝彩的寂夜，疯魔了一般，化作漫天的情绪，要将这灰色的世界埋葬？

涵儿已经沉睡入梦。他是满怀的期待，任是雨剑风刀，也要赶回念叨了一个学期的故乡。

已在飞雪的姑苏羁留了两日，小脸冻成了萝卜干，他仍不停问我：“宁波的雪是不是更大？”“我可不可以在老家的院子里堆雪人？”

人间纷纷扰扰，琐事羁绊，我已决定取消这趟父子俩的归乡行。

鼓足千般的勇气，跟他商量我的这个决定，他迅速黯淡下去的热烈，简直要将他的委屈窒息在我的胸腔。

我用所能想到的欢喜来讨好他，他也仅仅是点点头或摇摇头，似乎失了魂，机械地跟着我的脚步。

他越是沉默，甚至不愿憋出一滴眼泪来，我越是揪心得紧。“我已经记不清老家的样子了”，临睡前，他盯着我好一阵子，突然冒出来一句话。

当我从温暖如春的宾馆，拉着他纵身进这蚀骨的冻夜，天地已经浑然成一片苍茫。

“爸爸我们去哪？”

“同里古镇！”

“为什么去那里？”

“因为那里有老家的模样！”

这是在玩命，一个疯狂的中年男人，在积雪碾压成冰之前，喘息着，敲开了古镇民宿的门。

“怎么这么晚？”老板娘皱着眉，摸了摸涵儿的手，埋怨道，“看把小孩冻的！”

洗了热水澡，房间的暖气已经很足，涵儿终究是架不住困，在听完半个故事前沉沉睡去。

无心入眠。泡了一壶茶，独坐雕花窗下，无人对饮，也无笙箫，雪落无声，但终究是在了一个可以喊回魂魄的地方。

人的魂魄是会厌倦这躯壳的。身体慢慢长大，魂魄也在逐渐疏离。

老人们常说，失了魂的人，要赶紧找个心静的地方，跟你的魂魄好好交谈，直到最后相互原谅，它懂了你，你也懂了它，它才会愿意重新住进来。

我在大雪纷飞的同里古镇，含着满眼的热泪，一遍遍呼唤着我的魂魄。

我是被涵儿惊醒的，他的眼睛一眨不眨地盯着我。

“你干吗这样看着我？”我跳了起来，喝道，“吓死宝宝了！”

“爸爸，你睡觉的样子好帅！”他趴在我的身上，调皮地摸我的胡楂子。

厚厚窗幔透进来的白亮，使我很快知晓，外面该是冰天雪地，白茫茫一片。

“肚子饿了吧？”笑着问在边上不停讨好的涵儿。

“倒也不是，”他自己麻利穿着衣服，又下床踮脚掀开窗幔的边角向外看去，回转身，欢喜道，“啊，我们可以出去打雪仗了！”

一夜的雪，终究没有裹住天地，只在屋梁、桥栏上洒了一层细盐。涵儿却已是万分的欢喜，用手仔细扫了，捏成团，往我身上一扔，又欢笑着跑远。

打了一场奢侈的雪仗，他终于肯让我拉着手，去寻吃早饭的地方。

大饼油条豆腐浆，恍如年少时在老家的惯例，我吃得简直要热泪盈眶一番。

吃惯了松软点心的涵儿，竟也吃得津津有味。

这尚且不够，路过糕团店，他又要了一份青团子。

怕他撑了，问他，“能吃得下吗？”

“能，”他回答得干脆，生怕我夺了去，又说，“我可以不吃午饭的。”

这是故乡的味蕾，艾叶泛青时节，家家户户的灶台，都是这甜糯的清香。

儿时，年年绕膝祖母跟前，单等锅盖一掀，青团扑满松花粉子，囫囵入嘴，白糖、猪油、芝麻糊，这般人间美味，自是撑到腰滚肚圆也不肯放手。

忆及儿时痴贪，自是一阵轻笑，便随了他去。

雪后的清晨，路上清冷，极少见人。古镇，此刻是一幅静态的水墨画。

每一扇雕花窗、老旧的木栅门，似乎都在酝酿着一个个的故事，就等着门窗开启的一刻，争着跑出来，演绎各自在里面编排好了的剧目。

每座桥，每个河埠头，每片屋檐结了冰凌的店铺或人家，都在勾起我对前尘往事的回想。

我给涵儿讲着我的故事。深夜里，我唤回的魂魄，告诉我的那些几乎要被遗忘的往事。

“这里跟老家很像”，涵儿也在努力从记忆的深处，挖掘和强化自己对于故乡的印记。但有时，小小的人儿，眉头也会皱上一皱，说：“又有点不太像。”

但很快他便忘了这稍许的不悦，在石墩旁，他抓了一只快要冻僵的猫，坐在廊桥上喂它青团子吃。

“爸爸，你小时候养过猫吗？”

我打量着这只浑身乌黑的猫，它在涵儿的怀里舒服地打着哈欠，似有妖力的眼，勾魂摄魄一般盯着我。

不禁一阵恍惚，莫不是儿时那只唤作李逵的黑猫，附魂到了它的身上？

“爸爸，你从小就住在这样的老房子里吗？”涵儿指着一处旧宅院。

宛如梦中，似昨日故乡楼台，有莺燕绕梁，祖母在楼下晾晒茉莉，祖父荷锄从山林归来，背篓里或有青笋，或是一丛蘑菇。

一树蔷薇艳满园，黑猫李逵作祟，惹来院内鸡飞狗跳，红颜瓣瓣落地，高墙外有少女音调婉转，竟是痴了一颗凭栏远眺

这古镇有妖气！找不见魂的人来了这里，都要匍匐进前尘

往事，痛哭流涕。

在城市雾霾里丢了魂的人，我请你来这古镇走一遭，或许，你能找回一点什么。

二十一、江南飞雪

这冬终究打了一场过瘾的雪仗。

一句话，掀起一场寡不敌众的战斗，众人口诛笔伐道：

“老天洒了点盐花，看把你矫情的！”

“雪都没碰到就化了！你是在做梦么！”

“知道你会P图，但也没必要拿几年前的旧照片来唬人吧！”

我是不愿与人赌气的，我的快乐很简单，却不是所有人都高攀得起，自是笑笑而过。

姑苏几日，老天吝啬，雪来得无声，落得也无痕，枉我一番寻幽探古的念想。

行程半途，忽有灵光，忆及年少故乡，入冬季节，高山之巅，终日皑皑。

何不上山，或有佳遇？涵儿正为此趟出行的不尽兴，神情怏怏，一路寻话，终究是爱搭不理。

“给爹露个笑脸，带你爬山去！”

“真的？”眼珠子几乎要从原先半闭假寐中跳出来，他是极喜山野，又擅攀爬，随我返乡，若不带去游山一番，估计是要记仇的。

有些山我是不敢闯的，故乡山多，先人故而习惯安歇山林，座座坟茔，虽知不会有鬼魅跳将出来，心里到底恐惧。

涵儿却无所惧，难禁野果诱惑，纵是百般呵斥，也定要跌滚了去，摘了坟头那一捧美味来。

更改行程去爬山，小人儿自是乐得豇牙咧嘴，主动答应了回去做篇百字的文章。

毕竟一夜雨雪，深恐山道冻滑，特选了有平坦台阶通顶的灵岩山。

游人倒是不多，山脚卖香烛的老头老太，脑袋紧缩在衣领子里，手里捧着汤婆子，若不靠近，也不招呼。

打耳光子一般的山风扑面，本想叮嘱涵儿登山事宜，却不想，小小的人儿有如脱缰野马，一不留神，几乎要消失在视线。

山路倒也不见冰冻，干燥冷寂，偶有三两上下的游人，脚步不紧不慢。

山道两旁，偶有白雪覆岩，大抵是林深密处，薄如撒盐。

但内心却有了底数，待到登高望远处，必定皑皑白雪，惊艳了整个世界。

因要照看小“猢狲”，不由脚步加快，登至半山，已是喘息瘫软，却听涵儿在前方欢喜嚷嚷，“爸爸快来，好多的雪！”

拼了老命循声登高，果见白雪压枝，冷得掉了一身毛发的树干，擎着拳头厚的积雪，山风抚掠，漫山吱吱呀呀一阵和鸣，跃出心的欢喜。

涵儿钻入低矮的茶园，惊起几只觅食的斑鸠。

茶树上的厚“被子”被掀起，滚成一团圆球，小儿淘气，顺着台阶推滚而下，避不及，在脚上爆炸开来，沾染了裤管。

俯首拍打，竟也不湿，面粉一般弥漫散去。

漫山的雪，或遮盖了岩石，或骑上了高枝，台阶上一道道脚印，踏实了雪凝成了冰，不由趺趺撞撞。

若是擦碰了大树，白色的华盖劈头盖脸罩下来，避不及，狼狈得像农田里滑稽的稻草人。

入得顶峰灵岩山寺，天是青蓝的，檐瓦却是白的，楼宇殿堂、多宝佛塔头顶白冠，更有长长的冰凌，剑一般垂挂下来，在佛音袅袅中，闻得飞檐上风铃阵阵。

地面的雪逐渐融化，蒸腾起水汽，阳光的身影无处不在，宛若幻境，身在其中，倒像是顶了佛光，也跟着飘逸起来，这佛国的庄严，几乎要迫使人跪拜下去。

涵儿钻进后院的观音洞再不肯出来，我忘情在白雪覆盖的亭台楼阁间，免不了挨他突然冒将出来的雪球。

他的快乐，如同在棉絮堆里翻滚了几回，随了他胡闹，这般简单的快乐极是难得，干脆由他尽兴。

我却趁他不备，抢了一把雪入嘴，沙沙的清凉，从喉间荡漾开来。

正待回味，却见小人儿的脑袋从假山石里探出来，怕他跟风模仿，赶紧抹干净了嘴，囫囵咽了下去。

原来快乐是没有防备的，却听涵儿大呼“好凉快啊！”又惊觉他嘴角沾满了雪，喝问，“是不是吃雪的？”

倒也实诚，先是点点头，见我是假作出来的脾气，又对我吐了吐舌头，缩回洞内，从里对我抛出一团雪来。

我又抓了一把雪塞进嘴，嘀咕道，“这爱好也遗传的？”

搅了庄严圣地几个时辰，终究要下山返程，若不是寺院不挂单，心里倒是愿意逗留一晚，看明月挂枝头，踏残雪、读天籁。

但快乐总是有限度的，幸福需要留在心里慢慢咀嚼。

人人都道江南好，却道不出她的妙。我说江南好，相逢如初见，回首是一生。

二十二、那年爱情

你说，等我们老的时候，要在这里造一间房子，静守一山一水，看轻烟笼翠黛，只羡鸳鸯不羡仙。

湖边春色芳菲，重来已是廿余载，你却不在！

今日独游，若不是这风撩拨起心事，这波涛说出你的名字，这杏花艳柳的轻笑，我可真要将你遗忘了。

岂能忘了这长长的柳堤，你一袭长裙飘逸，轻挽云鬓，若不是高跟鞋累赘，这依旧寒凉的堤坝，怎会留下你足底的温润。

你笑着，手里拎着鞋，在长长的堤岸，赤足奔跑，全然不顾游人的讶异。多么无畏的青春，如同我们那时懵懂的爱情，在这春风的挑拨下，萌芽。

天目湖畔，杨柳岸。

一池桃花水，谁棹扁舟一叶，趁潮来？

你唤来那船家，转身与我轻笑道："公子，随我浪迹天涯可好？"

"莫若上山沽酒一壶，与你吟诗作画"，我跳上船，你纤弱的身体似可盈握，揽你入怀，望远处层林尽染，脚下波光潋滟，就算前行多歧途，此生不惧风雨。

虽喜面前花好，又听林外莺新，更有熏风吹我过湖船，杨柳丝丝拂面。只可叹，今昔不是他年！

谁又懂我一腔惆怅，付于东风空悲切？

绣球岛上，又是一年春来早。主人捧上一杯茶，引得山泉烹琼浆，这岛上的白茶，闻着已是醉人，更奈何一对痴人儿，竟要借东风，定终身。

你道一句：“待我长发及腰，郎君娶我可好”，粉颊已是羞煞桃花。

我偏不与你应和，却道：“露卧一丛莲叶畔，芙蓉香细水风凉，这般仙境倒不想人间浮尘了。”

你若有所怅，嗔道：“莫如你在此修仙，我自便罢了。”我哈哈大笑，待携了你手共登状元阁，指着满目秀色，得意道：“待我金榜题名时，与你洞房花烛夜。”

“若有他年，倒也不要锦衣玉食，”你美眸盈光，轻偎入我怀，喃喃道，“只愿在此起一间屋，看春花秋月，与你共锦瑟。”

呵，这山水竟还收留着这番令人脸红耳热的情话。只可叹，文科生与艺术生的爱情，终究绵柔了一点，这春风吹了二十多年，早已烟飘云散。

攲角枕，掩红窗，你心心念念要等的那个人，再也不会出现。如同这天目湖的春色，今朝不来，错也就错过了。

随它去！捡起残瓦半块，投向湖心，哈，飞起沙鸥一片。

二十三、20 年前的故人

小桥下的流水载走了一个老去的秋天，黄灿灿的杏叶躺在青石板上，由着萧瑟的风四处游荡。

慵淡的阳光打在石墩上，一叶摇橹船咿咿呀呀地驶过。

萝卜干和麦芽糖的味道弥漫街巷，一只乌鸦站在歪脖子柳树上，呱呱地聒噪了半日。

这里是深秋的甪直古镇，我站在万盛米行门前，对着阔别20 年的老同学，一起温习当年课堂里的那篇课文。

米行早已不复叶圣陶先生笔下《多收了三五斗》的盛景，这里摆放的农耕具，对于我们自小生活在南方的人，是极为熟悉的。

我们一样样辨认着我们的祖先，甚至是我们自己亲手操持过的农具，就像回味当年教室里带着小小紧张相互传递的纸条。

“你喜欢过那个女孩子？”

“你说的是谁啊？”

“就是坐在你前排的，扎着两根小辫子的。”

“实在想不起来了。”

“你头发白得厉害，刚才在车站差点认不出来！”

“你比那时候胖多了！”

说着说着，笑着笑着，突然发现对方的眼眶里同样闪烁着泪花。

保圣寺的罗汉堂里，唐朝的半面罗汉泥塑依旧姿态可掬。没来由想起那个坐在我的自行车书包架上，裙裾飞扬的女孩。

“那个她，现在还有联系吗？”

“哪个？哦，你的马子啊！你们没联系吗？”

“毕业之后通过几封信，后来就断了。”

“告诉你别伤心啊！现在胖得不能看，生了两个儿子。”

罗汉们呵呵傻乐着，我看着他们，忍不住感慨，塑造这些泥罗汉的塑圣杨惠之，断然想不到1500多年以后，自己已经烂成了灰，这些活宝倒还是这么逍遥自在。

“弯弯的月儿小小的船……”已经改成客栈的小学校，那面墙上的儿歌还是那么清晰，只是不知道当年写歌的人今在何方？

“你们留在老家的同学都有联系吧？”

“也就搞过一两次同学会，平日也不怎么联系！”

毕业照还都留存着，毕业赠言字迹依旧清晰，只是仅仅二十几年的光阴，就算当年的人齐齐列成三排，仿同当年毕业照的造型，能对上号叫出名字的又有几人？

“很多人都忘记长什么样了！”

“偶尔街上看见了，突然就喊不出名字来！”

但并非没有想念，每次在惶恐的夜里醒来，那些记忆就会从各个角落四面八方扑将而来，将你死死包裹，但是你死活看不清晰，瞪酸了眼珠子，想破了脑袋，有时还会疑惑，那些年我们真的交集过吗？

可是那些记忆，就如同叶圣陶先生墓侧的那株千年古银杏，无端地从树干上长出一株百年枸杞，各自生长却又此生难离。

其实我本不该带老同学来这甪直古镇的，这里的街巷，这里的宅院，这里的片瓦以及残墙上的瓦松，都在勾起我们对少年家乡的回忆。

“那条古街还在吗？”

“早拆掉了，你离开家没几年就拆了，现在是商业街。”

于是，我们站在石拱桥上，望着远处的廊桥发呆。那间杂货铺像极了我家门前的那片国营供销社，充斥着各种酱料和糖果的味道，几乎年年夏天，那种用葫芦状塑料瓶灌装的果子露，一到货就会被小孩子们抢购一空。

“那时候常常去你家打羽毛球。”

“嗯。”

“一身臭汗你也不请我吃冷饮！”

“我哪有零花钱啊！”

“是哦，我也没有……”

在沈宅入口，有人买了甪直特产的萝卜干，用水洗了作零食。那种脆生生的嘎嘣声从她们的嘴里传来。

“我记得你家院子里也晒过萝卜干。”

“还有番薯干、梅干菜……你回回来都偷吃！”

“院子还在吧？”

“倒是还没拆，不过也快了！”

于是我又开始惆怅，院子拆光了，那些需要阳光的家乡美食，还寻得到吗？

时光总是那么匆匆，毕业时的那个暑假我们都还生活在小城里，我们都不相信彼此会越走越远，谁能料到，除了眼前的这位，所有的老同学都已经二十几年没有谋面。

桥下的流水无言，岸堤的老树抖落一身的枯叶，再披新绿还要等到来年。

我们俩都有些心事重重，人在面前坐着心里却在思量，他日重逢又当何年？

恰似这座饱含了我对少年家乡无尽追忆的古镇，上回来还是盛夏，如今却已风也萧萧、天也萧萧。

刚刚聚首又将分离，这浓得化不开的离愁，仿同王韬纪念馆门前的这对石狮，天天并排把守着宅院，一生却不曾凝视过对方。

这二十几年，我的心何曾真真切切凝视过那白衣飘飘年代里的每一张面孔？

只是还好，你还在，你们还在，我们都还在！

我几乎是要对着那离去的背影呼唤，喂，你，还有你们，趁着容颜尚未老去，趁着步履还未蹒跚，当这用直古镇春枝萌发、绿水载柳絮的那天，我在这里等你，等着你们！

二十四、月色下的廊桥

把手伸进背包的时候，我心头一惊，钱包不在了！

民宿的老板娘盯着我看。我慌了神，赶紧把背包解下来，兜底把衣服一件件掏出来过滤了一遍，钱包终究是不见了。

“我的钱包丢了，”我对老板娘说，“可不可以让我先住下来，等明天我的朋友来了再结账？”

对于钱包的丢失我并不是十分的担忧，里面的现金没有多少，几张银行卡电话挂失一下就是了。

况且我是有底气的，我的一位朋友就住在离这古镇 50 公里的城市，向他求助的话没道理拒绝。

老板娘依旧盯着我，面无表情地摇了摇头。

此时已是晚上 8 点，连忙打电话给朋友，顾不得麻烦他连夜赶来的不好意思了。

不巧的是，他出差去了杭州。

不过他答应第二天一早就赶过来，“估计 9 点钟能赶到。”

这让我吃了一颗定心丸，遵照他的意见，我又找了几家民宿，好言好语跟老板解释，希望能遇到一位好心肠的老板收留我一夜。

但最终，我失望了。

我不怪那些老板的冷漠，这个世界已经把人心扭曲成遥远的星球，换作我，恐怕也不敢发这样的善心，何况我的身份证也在钱包里，我无法证明自己是个清白的人。

好在是初秋，天不算太凉，又好在是景区，我估计在这古镇的廊桥下坐上一夜，顶多被人误会这是个文艺过了头的男人。

何况，谁会在意你呢？

廊桥已经有人先到，一个穿着波西米亚式长裙的姑娘。

月光皎洁，倒影在桥下的河面，晕晕的光线笼罩着天地，廊桥便有了一种朦胧的美。

我估猜，这该是一位来赏月的姑娘吧。

她这般年纪正是做梦的季节，从我一个文艺老青年的经历来反观，或许她还怀着一种莫名的忧愁。

廊桥不长，我坐到了她的对面，她看了看我，又转过头去看河面。我注意到，一只行李箱搁在她的脚边。

我想着自己的心事，却感觉到她不住地在偷看我。

我抬起眼，正巧与她的视线碰触在一起，她慌张地收回眼神，再次把头扭向一边。

或许，我应该跟她解释一下，这空旷的夜，一个男人和一个年轻的姑娘，难免会让人产生一头狼觊觎一只羊的遐想。

“我，我的钱包丢了。”我对姑娘笑了笑，故作轻松地说道。

姑娘转过脸来看我，神情惊讶，下意识地护紧了怀里的背包，又悄悄用脚把行李箱往后勾了一下。

“哦，你不要误会，我不是想问你借钱。”我反倒有些慌张，万一这姑娘神经过于脆弱，一旦喊将起来，让我叫屈都来不及，我加快了语速，“我只是想说，我不是坏人，我不是故意要坐在这里，我只是没钱住店了。”

或许我的慌乱中带点委屈的语气帮助了我，姑娘愣了一会，突然放声笑了出来，“哈哈，你可真逗！不要紧，你坐着吧！”

我似乎得了大赦，好歹是吐了一口气，感觉自己坐在这里踏实了许多。

各自看了好长一会风景，或许是大家都在想着心事，这廊桥静得只剩潺潺的水声和秋虫的低鸣。

“那个……”姑娘突然开了口。

“啊！”我转过头去回应。

“我没有丢钱包，”姑娘看着我，又自己笑了笑，咳嗽了一声，说，“感觉这边人不太厚道。”

“啊？”她的话莫名其妙，我不知如何回应。

“像这种景区，住民宿，我经常在外旅游，都只要一百多块钱，这里却要三百多，”姑娘没理会我的木讷，顾自说下去，“我很生气，我想反正是出来玩的，干脆就在这坐一晚欣赏一下夜景也不错。”

“是的。”我点点头，望着河道两岸的红色灯笼，有一种古老的喜庆幽幽而来，仿佛有种魔力，把人吸了进去，于是，有遥远的唤呐声飘进耳朵。

“每个人的风景都不一样，”我坐在这里，那些对自己说了很久的话突然关不住的冒出来，“如果怀着心事的人，此刻应该会有种独上西楼的嗟叹，对于我，这景倒是更像一种前世的重现。”

姑娘眨了眨眼睛，说：“你应该是个有故事的人。”

我笑了，这个混账的时代，谁没有一些可以拿出来掉几滴眼泪的故事？

嘴上却说："我哪有什么故事，如果你想听故事，我倒是有几个从老奶奶那里听来的神话，什么牛郎织女、吴刚伐桂、嫦娥奔月、三个和尚抬水喝，你听吗？"

"不要不要。"姑娘咯咯笑了起来，连连摆手。

这夜，虽无风，但秋凉却逐渐侵入肌肤，姑娘突然间打了个喷嚏。

"你拿件衣服披上吧，天凉小心感冒。"女孩子的行李是个秘密，讲究一些的，绝不会当着陌生人的面打开行李，把自己的隐私暴露出来，于是我把头转过去，说："你慢慢找，我不看你。"

"我请你吃东西吧，"姑娘披了衣服，站起来对我说，"你帮我看着行李，前面有奶茶店，我过去一下。"

"行，"我说，"你去吧，买你自己吃的好了，我不饿的。"姑娘没有作答，自己向前走去了。

我感觉有些犯困，想要躺下来睡上一会，但想着她托付我看管的行李，又感觉这样睡下来不太雅观，让姑娘回来后看着尴尬，连打了几个哈欠终究是放弃了这个打算。

"只有奶茶了，"姑娘捧着两杯奶茶回来，递给我一杯。不敢太过虚套惹姑娘不高兴，说了声谢谢接了过来。

"我是个学生，我的经历不多，"姑娘喝着奶茶，跟我聊着天，"我是出来寻找故事的，不管自己的也好或者别人的也罢，心里有了故事，人就不浅薄了。"

我表示赞同地点了点头，正要接过她的话来表达些什么，黑暗中突然蹿出一条大黑狗来，直勾勾地盯着我们两个夜不归宿的人。

姑娘显然是被吓住了，一动不敢动。

我跳起来，抬脚朝狗踹了过去，大黑狗很不高兴地哼了几声，掉转身子再次融进了黑夜里。

“我靠着你坐吧！”姑娘惨兮兮又飞快地跑过来，挨着我坐下，用手连连拍着胸口，“刚才把我的心都吓碎了。”

我安慰了她一番，忍不住困意再次袭来。姑娘也接连打了几个哈欠，“不行了，太困了。”

然后，她把行李箱拖了过来，放在桥凳上，对我说：“你不困的话帮我看着狗，千万别让它靠近我，我睡一会。”

我只好笑着答应。

她把头靠在行李上躺了下来。我转过头去继续想自己的心事。

抽了几根烟，我回头去看姑娘，感觉她冷得有些扛不住的样子，身体蜷缩成一团。想起洁癖的自己带了薄毯子出来，便将它取出给姑娘盖上。

“哦，谢谢！”她竟没有睡着，抓紧了毯子裹住身体，突然半坐起来问我，“你不睡吗？”

我摇摇头，宽慰她：“放心吧，我帮你看着狗，它不会来咬你的。”

“哦，不是的，”她坐了起来，想了想又笑了，踌躇着说，“如果你不睡的话，会不会介意把你的腿借我当枕头？”

有这么香艳的好事，我怎么会拒绝，居然不假思索，“不介意不介意，你放心就好。”

我不知道是毯子上我喷的香水的效果，还是这姑娘实在太相信我，她靠在我的怀里居然睡着了。

这夜，于我，竟多了层艳遇的色彩。

艳遇总是令人心情舒畅，我连着打了好一阵哈欠，强烈的困意涌遍全身。

上帝保佑，希望我抱着一位姑娘坐着熟睡的时候，梦里香艳的口水没有滴落到她的脸上。

醒来的时候，晨光逐渐泛白，浑身酸麻得紧，我揉着眼睛又伸了个懒腰，不经意低头的时候，看见姑娘正盯着我。

在这雾蒙蒙的清晨廊桥，她清澈的黑眸注视着我。

我愣愣地看着她，内心有一种情愫正在发酵。

“你说，爱情是什么样子的？”姑娘眨着眼，睡意尚且朦胧的声调，问我。

我一下子惊醒，不，这不是属于我的爱情，我的爱情正在远方等着我。

我坐直了身体，努力不去看她，甩甩脑袋让自己清醒：“爱情应该是朝朝暮暮长相厮守，嗯，每天在一起过着平淡日子，你看我顺眼，我看着你舒服的那种味道吧。”

姑娘伸出手摸了摸我的下巴，轻笑起来：“有一种爱情，叫作吃过睡过天亮 Saygoodbye。”

“谢谢你，”我还在愣着，她已经坐了起来，整理着自己的头发，“我说过，我是来找故事的，谢谢你给了我一夜的爱情。”她拖着行李箱往前走去，又转过身来对我挥了挥手，说：

“再见！”

二十五、去常熟吃面

说来也是怪，似我这般早晨是从中午开始的家伙，每到常熟，竟一早就自觉醒了。

原因很奇葩，为了赶早去虞山脚下吃一碗面。

早上七点，空气还是湿润的，在阳光完全醒来之前，人与景都浸润在稀释了的牛奶里，踏着承了一夜露水的山路，在林荫里逶迤前行，每一片肺叶都忍不住张开来呼吸。

面馆集中在兴福寺外。天气晴好的时候，面馆外的开阔地，百十张桌子密密整整排开，数千人端着碗吸溜着面条。

与友人寻了一处空桌，点了面与小菜，坐在藤椅上先喝一杯店家端来的碧螺春茶。

因友人乃姑娘一枚，故聊天时轻声细语，后来惊觉，每一个字都不曾被周边搅扰。

桌子几乎都躲在大树的华盖下，我们的桌子上方是一棵百年玉兰树，边上节次有栗树、香樟、丹桂，大都挂了一块牌子，记载着树木的年龄。

若你有兴致转一圈，保不齐也会跟我一般惊叹，这简直就是一座古树博物馆，100 岁的树木只能算作儿童。

热腾腾的面端了上来，是常熟特有的蕈油面。

蕈是一种长在虞山松林间的菌菇，形似香菇，但入口绵滑有嚼劲，带着淡淡的松针清香。

蕈油熬制颇费时间，店家往往深夜就起床，将白天采集的鲜蕈倒入上好的香油中，慢火细煨整一夜，蕈吸收了香油的浓烈，油汁沾染了蕈的乡野气息，所以，味蕾挑剔的老常熟人，在吃蕈油面时断不舍漏掉一口汤。

佐菜也很丰富，有咸淡适口产自虞山的腌制香椿芽、外焦里嫩入口甜香的爆鱼、金黄酥脆的油炸大排，不一而足。

山风轻轻掠过，满世界都是树叶亲吻的声音，偶尔有一片受不住这般热烈，打着卷飘进你的面碗，吃面的食客轻声一笑，用筷子挑了出来轻置一旁，再与旁人研究几句这片树叶的来历。

吃完面天光尚早，吃面人续了杯中的茶水，真真好，这虞山顶上采撷的上好碧螺春，刚刚润出茶味，细啜一口，回甘无限。

或是三三两两聊聊家事、国事、天下事，或是唤来兜售捏背、掏耳的手艺人，眯着眼、咧着嘴轻叹一声“舒坦”。

或是正发着呆，不经意瞥见一位面容姣好的女子，眼神游离对着你发呆，你轻轻一笑，她先是羞涩的一阵左右顾盼，又报以你轻轻颔首，好吧，你休要不承认，此刻的时光轻曼再也不愿离去。

当然，你若是个素食主义者，偶尔又想发发雅兴，不妨换个地方，到寺院里面去吃面。

寺院就叫兴福寺，原名破山寺，后因寺内有一石左看像兴右看似福而更名。

寺里正在做法会，禅音袅袅。

后院，数百年的鸡爪枫下摆了几条长桌，正对着放生池，里面的锦鲤游来游去，几只乌龟伸长了脑袋，似乎受不住这蕈油面的香气，一个个张了嘴呼吸。

同样是寺外饕餮的场景，只是一道山门，将市井排除在外，阳光丝丝缕缕透过树叶打在桌面，微微抬头，这天光似有了佛光普照的意境。

面条端上来准备大快朵颐之际，忽闻隐隐桂花香飘来，与友人轻轻对视，心有灵犀，同时喜叹了一句：“哦，桂花开了！”

在寺院里，吃完面你可以照例喝茶、聊天或是发呆，但我还是要请你在这佛的世界轻游一番。

大雄宝殿里有许多善男子、善女人用手触摸那块兴福石，所有人都相信，摸过这块石头后，你会家业兴旺福气多多。

沾染了福气，再去前院看一看国宝。

那是一块石碑，碑文为唐代诗人常建所撰《题破山寺后禅院》，由“宋四家之一”的北宋书画大家米芾书写，清朝石刻名匠穆大展雕刻。

若有雅兴，细细咀嚼每一句诗文，越发觉得这寺院的景致不可方物，自己倒像一个俗物侵袭了满园的芳华。

寺内颇多古树，最奇的却是一株白玉兰。

长在后院已浸润百年天地精华，因遭雷击整个树干只剩半片树皮，却依旧年年散枝开叶、年年花开。

常熟人都相信，这是虞山山水精华与佛祖的保佑，就像这虞城一般，历经数千年风霜雨雪，依旧璀璨如花。

二十六、蒸菜的味道

寒露一过，这天冷得人简直要冻成狗。

开暖气似乎炫富了点，穿棉袄又显太过土豪，于是就怀念起儿时依偎在奶奶身边，坐在灶火间烧火做饭的场景。

在地里忙碌了半天的爷爷就要回家，吃过中午饭，他还要去山上劳作。山上的活最耗费体力，光靠一份蔬菜和几碗米饭是撑不住的。

那个时候肉食相当紧张，但干体力活的爷们肚子里没有点油水怎么了得？

一大早，我还在睡觉的时候，奶奶就已经跑到村西头廊桥上的肉铺，斩了一块几乎都是油膘的肉回来。

我是被满屋子笼罩的油烟味给熏醒的。眼睛一睁就咧着嘴嚷嚷起来，“阿娘阿娘，喝香啦，啥东西嘱香啦？”

实际是明知故问。奶奶正在灶火间用油膘熬油，我这一阵嚷嚷，她赶紧夹了一块油渣子跑进睡房，一把塞入我的嘴里，好歹堵住了这锣鼓喧天般的叫唤。

但吃了一块还是不过瘾，自己赶忙穿了衣服起来，跑到灶火间绕着奶奶打转。

想想真是难为煞那时候的主妇，半斤油膘熬成油，冷却后要放进罐头瓶里，接下来的大半个月，全指望每天从里面舀出一勺来炒菜，骗骗一家子缺少油水的肚子。

油渣子是留在当天做菜打牙祭的。

两个叔叔加上一个姑姑，还有爷爷奶奶外加我，六口人这么点油渣子，也就是一人两三筷的分量。

偏偏还要提防我偷吃。

防是防不住的，且不要说奶奶宠爱，事先夹了几筷子解馋，就是奶奶外出搬柴火、淘米煮饭的时间，我也是掐好了机会的，赶紧溜进灶火间偷塞几块入嘴。

也许奶奶是看到的，只是她装作没看到。到最后要炒菜时，所剩的油渣子几乎轮不到一人一筷子。

为了让一家人都能沾上些荤腥，奶奶只好把蔬菜和油渣子放进一个海碗里，又咬咬牙从油罐子里舀出一勺子油拌在里头。

烧饭的时候，大铁锅里放个竹架子，下面放米放水，架子上面放混了油渣和蔬菜的海碗。

两把柴火一添，火烧得旺旺的，锅里发出噗噗的声响时，满屋子的油香再次四溢开来。一直守在院门口的大黄狗，也忍不住钻进来对着奶奶使劲摇尾巴。

在我当了爹的时候，我的姑姑还曾笑话我，说那盆子菜端出来之后，先不要说仅剩的几粒油渣子大都被爷爷夹进了我的饭碗，单就那一盆子菜连带汤水，差不多大半盆都落进了我的肚子。

我实在奇怪自己那时的胃口，不过到底是记住了这个菜的味道，就连叔叔姑姑在一起说起奶奶当时做的这道菜，也都会忍不住说："阿姆做的菜顶好吃！"

奶奶早已仙去，而我因为一身的反骨，少年就“冲破”家庭的“枷锁”流浪啊流浪，自此再未回到过奶奶的灶火间。

直到前两天在常熟梅李镇吃了一回蒸菜，吃着吃着我有种眼泪奔涌的感觉，我压抑住情绪对带我前来的朋友说：“这个菜的味道很熟悉。”

原本是用来掩饰心里的眼泪的，却不想在座的吃货老法师问：“你家里应该也用柴火灶烧过饭吧？”

一句话勾引的心里酸酸的，忍不住想起了奶奶，想起了奶奶的那道因生活所迫独创的“透骨鲜”。

其实，如今已成菜系中一个流派的常熟蒸菜，在三十多年前，在浙江奉化一个全村都姓应的山村里，一个头发花白的老太太，已经在灶火间发明了。

和我一样，勤劳智慧的常熟人，他们同样怀念儿时灶火间里，至亲之人创造出来的味道，这样的味道是深入骨髓、深入魂灵的。

而正是这样的味道，让每一位品尝过常熟蒸菜的游子，再次拥有了一份浓浓的乡愁。

二十七、一道下饭菜

今天是周末，想着烧一顿香喷喷的萝卜炖羊肉犒劳犒劳辛苦了一周的自己，下班后直接去了菜场。

卖萝卜的是位大妈，嗓门粗粗的，见到谁都恨不得上来抢人，“哎，我家的菜最新鲜，全菜场都没我家的菜新鲜！”

我是被她“抢”过去的，为此，隔壁菜摊的老板差点要跟她打一架。

挑菜时，我看见有一堆萝卜叶摆在一旁，随口问她，“怎么卖？”

“这玩意喂猪的！”大妈很是不屑，粗声粗气地挽救我，“一看你就不是经常做饭的！什么能吃什么不能吃，要分分清楚！”

好吧大妈，你得罪我了，你知道伤一个吃货的心，后果有多严重吗？

在我 10 岁之前，我家是有宅又有田的。这个时节，地里大都种着萝卜。

大概秋风刚刚吹起的时候，萝卜苗开始密密麻麻地抽条，晚饭前，从农田干活回家的爷爷，总会挎一篮子的萝卜苗回来。

苗长得太密会影响萝卜的生长，所以那段时间的餐桌上，总少不了萝卜苗的影子。

油油绿绿的小苗洗干净后用盐渍一下，再切碎了拌入香油，那种脆生生又带着一点点辛辣的味道，让人欲罢不能。

在宁波老家，这道菜被叫作萝卜菜糜。

“糜”字总让人跟肉联想在一道，老祖宗造词真是智慧，这原本不沾荤不沾腥又极能副掉体内脂肪的萝卜苗，因为这个糜字，想起来倒真有几分肉食的诱惑。

秋风一阵紧似一阵，到了这两天，萝卜苗已长得雪里蕻一般粗壮。

除了收获萝卜，萝卜叶子可还没到变成猪食的地步。

虽然叶子上长了密密的小刺，摘洗的时候总有针戳的感觉，但一想到在嘴里咀嚼时的那种满足，奶奶一声轻唤，我马上就屁颠颠端了小凳子过去，耐着性子从一棵棵粗壮的萝卜菜里挑出最嫩的菜心来。

菜心同样要用盐腌渍，大概半天以后完全入了味，可以浇入香油凉拌，也可以用来炒肉片，风味不一却都很下饭。

离开老家之后，很多年没再有机会重温儿时的美味。菜场里虽然有萝卜卖，但萝卜上除了标签一样宣示自己很新鲜的梗子，几乎见不到一片叶子。

直到有一年，在南京市郊的吉祥山庄买了房子，小区外面有一座山，上去游玩时发现有几块平地适合种菜，于是又动了心思。

利用当记者的便利，一次下乡采访时，央求农技站的人寻来一包萝卜种子，宝贝一般带回去，又专门买了把工兵铲，上山翻了土把种子播了。

只是后来一忙起来黑白颠倒，这茬子事居然给忘记了。等到某天想起来上山查看，菜倒是长起来了，甚至从土里还刨到几颗拳头大的萝卜，只是菜叶都让虫子啃食得没有食欲了。

由此也只好作罢。

又过了几年，上饭店应酬的机会多了，经常能吃到刚萌芽就被拿来当菜的萝卜芽子，但那种味道到底没有吃菜苗和菜心爽快，心里又隐隐不安，似乎把萝卜的子孙后代都吞进肚里了。

但到底学了一招，从饭店老板那里软磨硬泡学了一招水发萝卜苗的手艺，我那一直担心我在外吃不好的老妈，再也不用担心我吃不上心心念念的美味萝卜菜了。

今天，到底没抵御住不争气的味蕾，买了萝卜以后，终究从那位大妈手里顺了点“猪食”回来，拿回家腌渍后做了一盘萝卜叶炒肉片。

嘴里发出猪吃食一般的动静，儿时温暖的记忆潮水一般涌来。

人生的幸福，大抵也就如此吧。

二十八、春风可入药

春风可入药。回暖的天似有了盼头，昨日远足，萧瑟了一冬的忧郁，曝晒于骄阳，心内渐生斑斓。

本是素净，一个人的欢悦，从不呼朋唤友，避喧嚣如恶犬，独自欢喜。寡不入群，总会让人心生揣度，此人乖僻。实则怕欢喜而泣时，扰了别人的心绪。

觅得一处清净，又喜有长椅可坐可躺，无人搅清欢，清风暖阳，好不惬意。

忽闻人流纷至，叽叽喳喳，南腔北调，竟无一句乡音，心内无端又生凄惶。盘桓异乡，终究惶惶，这片刻的惬意，倒似偷来一般。

前些时日，贪及故乡山野，蕨菜青翠，日思夜想竟成痴症。与家乡的弟弟联络，约定近日返乡，携游山林。奈何俗务缠身，弟弟几次三番电话探询，毕竟还是失信。

又念及时令野蔬，马兰头、火缸柴，郊野之地应当可寻，莫不如摘些回去，淋了香油佐酒，恐能聊慰乡愁。

慌忙起身，避了人群，偏寻那幽僻而去。

若是诸君见到，极可拿去于饭桌当笑话。且看我曲背弓腰，似那肥猪拱地，双目炯炯，穿梭于遍野草丛，自忖也是面相狰狞，一番野人模样。

垂涎半日却是无功，又徒生烦恼，这般劳力费神，怕是回去又要着了火气，犹如孩童耍赖，干脆扑进一堆蓬松，心想着，干脆就这样遁隐了去，倒也爽快。

偏这春日遍地欢喜，侧身欣赏一株野花，忽见一丛毛茸茸招摇眼帘，定睛一看，又生欢欣，却是冒芽的嫩艾。

并非药材艾草，其形相似婆婆纳，成熟时顶端矗立一朵黄花，遍身绒毛，叶脉扯断，更有纤维牵扯，细细拉伸又似根根蛛丝相连。

童年故乡，立夏时节，随奶奶提篮于山间野地，遍采艾之嫩节，择洗干净投入沸水汆熟，沥干水分细细剁碎，拌入蒸熟的糯米粉中，唤出当年身强力壮的两位叔叔，至村内溪畔的大石臼，百锤千锤，一脸盆米团，竟让两个壮汉呼哧不歇。

挨了石锤百炼的米团，又被搓成数十个圆，裹了猪油芝麻白糖馅，入蒸屉蒸煮半日，早有一匾子晒了几周的松花粉静候灶堂，吃时只需投入匾中，滚上几滚，抓起一身金黄，既不粘手，入口又有山野清香。

童年故乡，家家如此。

其形似鸭蛋，故称米鸭蛋，想必先祖曾挨饥荒，鸭蛋是稀奇之物，又因艾叶难消化，可周济少量米粉，骗过辘辘饥肠。

去年端午返乡，竟见集市也有出售，馅料却已千奇百怪，虽说改良之后调了众人之口，于我却有些惆怅，问遍卖家，竟遭嘲笑，“那么甜腻的馅，谁还愿意吃？”

一蓬毛绒勾起无限乡思，偏偏异乡野地竟生慷慨，不消片刻觅得满满一捧，似那穷鬼中了彩票，脱了大衣包裹回来。

返至家中，遍搜脑中印记，似奶奶亲临教授，倒也有模有样，只恨无处寻觅石臼，且当揉面，好歹功成。

中途，偏有噪舌邻居串门，见此奇葩竟生感慨，“这野草能吃的？会不会中毒啊？”

只笑不语，内心却是憎恶，怎奈远亲不如近邻，只好沉默。

待至出锅，圆囵在熟米粉中滚上一滚，恐再被人冤枉，闭了门户自己独尝。

怎不叫人欢喜？熟悉的乡味，溢满喉间，慢慢浸溢身体的每个细胞，在这春之夜，舞蹈、歌唱。

自小不是贪食之人，然而味蕾却又顽固，不能吃面食，不能喝粥，在每个胃酸泛滥的日子，只有家乡的食物才成解药。

我知道，我的胃从来没有忘记过童年的故乡。如同此刻，我望着星空，注视着天上的奶奶，轻声问候，来生，还能萦绕你的膝前吗？

二十九、碧螺春

苏州人的社交，多以喝茶开始。

对于素日忙碌的世人，一盏清茶，已是奢侈的幸福。

即便如此，苏州人也是极为挑剔。喝茶，必定临湖或隐于山林，常去的该是园林，再不济，也要择一处布局清雅的茶室。

而茶，必定又是苏州自产的碧螺春。

碧螺春实际是绿茶的一种炒制工艺，因其形似螺而得名，产地和产区都较宽泛。唯独苏州碧螺春，只出自太湖中央的东西山两座岛屿，名曰洞庭碧螺春。

洞庭碧螺春不但“卖相”极佳，且“吃口”醇厚，更因茶山夹种桃李果树，茶树与果树盘根错节，分不清究竟谁纠缠了谁，却让这茶多了一份弥留颊齿的果香。

采茶、做茶是件辛苦事。

三月江南，太湖中心的岛上已是一片绿意，这绿却不浓厚，油油地铺展开来，裹了迷蒙的烟雨，便是这人间的仙境了。

惊蛰刚走春分随行，一场春雨才过，茶树悄悄探出的新芽，不胜凉风的娇羞。采茶人不敢大声喧哗，怕惊扰了这茶欢欣鼓舞的生长，轻手轻脚细致地采下。

便是采茶的行家里手，一个上午怕也采不到四五斤嫩芽。

到了午间背下山来，摊开来晾晒、杀青、搓揉，8 万次采茶的动作，也只换来一斤的成茶。

这便是顶级碧螺春于每年的首次登场，低调却又奢华。

得了这茶，便是缘分。家里来了客人，主人欢喜地捧出来，已然不是将你当作客了，你便是自己，是主人怡然的心境了。

品顶级碧螺春，不要选忙碌的日子，太匆忙会辜负了这茶。

这些日子的江南，该是最美时节。

绵稠的雨丝，犹如江南的女子，弱不禁风却又风情十足，娉娉袅袅钻入脖颈，痒丝丝的清凉。

一夜的细雨纷飞，水珠沿着屋顶的青瓦，点点滴滴汇入半截青竹做成的屋檐，"咚"的一声，在檐下的水缸里惊起一层涟漪。

这样的天，适合品茶。

品碧螺春，方家都用通透的玻璃杯。七八十摄氏度温润的山泉水，一撮碧螺春轻缓投入，在水中洋溢开来。看嫩芽在水中翻腾、沉降，细小、纤弱，那样的无足轻重，却又是妙不可言。

光是在边上放着，那融入江南烟雨的清润先已令人陶然，端起来轻啜一口，尚来不及讶异味蕾的惊叹，鼻腔里萦绕的便是整个江南的春天。

所以，老苏州人去外面喝茶，生怕店家售卖的碧螺春不正宗，都会自己携带，交上十元五元茶水费，三五老弟兄、老姊妹，围着一张茶桌，就能讲上一个下午的"闲话"。

在苏州喝茶，是一种大隐隐于市的心境。人间天堂，时时处处，游人如织，若是不能淡定守住面前的一盏茶，这茶就喝得累赘了。

往往，喝茶的苏州人，个个犹如老僧入定，你在一旁鼓噪也罢，或是拿我当风景也罢，我只顾笃笃定定喝我的茶。

偶然瞥见，一位丁香一般的姑娘，撑着油纸伞，脚步轻盈，从你的面前，婀娜拂过，在这湿润润的天地间，难保不会在心底泛起一层涟漪。

其实管他呢，正似这茶入水，犹如人入世，生死之间从此有了说不完的故事。

我们都是凡人，只守着这一盏茶，用一杯水的温度，捂暖世间的寒凉。

三十、春笋上桌时

一场春雨过后，竹笋开始抽节。挨着山林居住的人家，暗夜里，耳畔尽是哗哗啜皺的声响。

山村人家都有一片自家的林子，林里高大的毛竹，从老祖宗那时就种下了，该有千余年的光景，年年枝叶繁茂，岁岁都有竹笋收获。

春笋长得极快，从冒尖到长成竹子，只留给人们十天的时间。

到了采挖季，村里无论老少，大都荷锄入林。山道上，手推车、自行车，甚至牛车，车来车往，载运的都是鲜嫩的竹笋。

入得山林，劳作一整天，午饭是早上出门时随身带的。大都是干粮之类。讲究一点的，找片空旷地燃一堆火，架上柴锅，顺手丢一把剥壳的鲜笋，或是把就地采来的野菜做成一锅汤。

掰下一段竹枝，用柴刀削成筷，或用自带的盆碗，或干脆砍来竹筒子，盛汤。

汤味道鲜美，只是当年缺少荤腥，一锅汤自然清可见底。但因为置身山林，多了份平常不见的稀奇，这番野餐，以后想来自然也是欢喜的。

孩子是无人管教的，大人们忙于劳作，小“猢狲”们起先还亦步亦趋有模有样跟在大人屁股后头挖笋，时间一长，全都漫山遍野疯跑开来，或是相互追逐嬉戏，或是遍采浆果，打发零食缺乏的童年。

祖父劳作之余，会挖一丛山兰回家栽种。

山兰虽难找，一旦找着，却是一丛丛偌大一片。祖父只取其中一丛，其余概不碰触，任其生长，待到来年又是繁茂丛生。

山村里的人不做绝户的事体，挖笋也绝不会见笋就挖，每隔一段距离，就会留下几株，要不了几天，便会长成高耸的毛竹。

儿时常受祖父教诲，人不可有贪念，够吃就行，浪费更是会有报应。

虽在竹笋丰收季，祖母同样不肯浪费。运回家的竹笋，剥下的笋壳，边角白白嫩嫩，自然掰下，与腌制了一冬的雪里麟一道煮熟，摊晒后，便是家乡特产梅干菜了。

去了壳的鲜笋要及时煮制，一旦过夜，不但失了鲜美，更会发霉变质。

所以，顾不得一天的劳累，当夜就起灶火，将竹笋切成大块，投入大锅，灶膛间火红一片。

对山里人家来说，竹笋是要做一年的下饭菜的，因此煮制的方式相当重要。

方法很多，有用腌过雪里基的卤水煮的，味道咸鲜；用菜油加酱油煮的，清甜爽口；或用盐卤烧煮，咸极却下饭。

做法多样，全凭主妇想象力和创造力，但唯有一条，煮制时间不能低于一天一夜，否则味道入不得笋内，嚼口粗糙，且很难长期保存。

采完毛竹笋，山林里的杂竹，又会抽出手指粗细的“野笋”，用盐水煮透，摊晾半干，便可保存多年。因其形状似羊尾巴，故称羊尾笋。

食用时，用开水浸泡几遍，去除多余咸味，或可切段煲汤，或撕碎淋上几滴香油，就成了早上佐泡饭的最佳搭档。

那时节，家家户户冒起炊烟，村庄上空弥漫着竹笋的清香。每当梦回，都是这般景象。

去年，堂兄弟寄来几瓶家里煮制的笋，满心欢喜开瓶即食，却感觉欠了些什么。

后来问询，才知兄弟迁入新起的楼房，竹笋是在新居煮制的，“废了一罐子煤气，老爹心疼得不得了。”

这才恍然大悟，竟是少了烟火味。

近年回乡，每见新房一栋栋拔起，早年石木结构的旧房，或已废弃坍塌，长满荒草，或是留与老人居住。

新房子一概水泥钢筋与城市无异，若是再起灶火，烟熏火燎的确不堪，再则，年轻人大都外出营生，上山砍拾柴火的力气活，早已没人愿意。

再后来，又听说村庄要整体搬迁，因为那里山清水秀，要开发成度假休闲区，顿感如鳗在喉。

现代的文明正在逐步剥蚀乡村的原生味道，似乎是一头猛冲不歇的巨兽，由不得你阻挡半下。

只是，没有炊烟的村庄，哪还有什么乡愁。

三十一、河豚往事

南方的细雨浓得化不开来的时节，正是河豚肥美上市的时候。在宁波，河豚是生长在淡水与海水交接水域的，渔民赶潮时顺带捡了回来，净了内脏腌制了晒干，等够了一定的天数，用担子挑了到城里叫卖，保管有个好价钱。

宁波人好吃腌制的海货，梭子蟹最正宗的吃法，当是腌在盐水里个把星期，再拎出来生吃，极为下饭。腌制的海鱼干，更是家常的菜肴。味美的河豚自然也逃不脱这种被腌制的命运，剁成数块加了笋干和肉块，大火烹煮，锅盖里冒出的香气足以让人淌口水。

宁波人嗜好河豚鱼干，俗语称为乌狼鲞，想必是因河豚鱼皮色乌黑的缘故而来，“鲞”这一字当然是鱼干的意思了。但宁波人却又极少品尝鲜活河豚鱼的，因了它的剧毒。但腌制的河豚鱼干也并非保险，少年时，兄长的一位同学，就因早餐以河豚鱼干下饭，到课堂不久即毒性发作，不治身亡。

虽然如此，宁波人对河豚鱼干的钟情却丝毫未改。记忆中，“鲞烤肉”（即河豚鱼干烧肉）是过年时才可朵颐的美味。年二十九，奶奶必定是煮一锅鲞烤肉，年三十端了上桌，却只能看不准动筷子，须等初一来客。馋极了，大人心有不忍，舀一勺汤汁浇到小孩的饭碗里，那一碗饭就成了天底下最解馋的美味。年，也就在这样的美味中拉开了序幕。

离开宁波前，总以为“養烤肉”才是河豚鱼最正宗的吃法。经了世面才知道，河豚鱼还有鲜煮的吃法，也听说了“拼死吃河豚”的典故。1997 年，有朋友邀至长江边品尝鲜河豚，一大盘端上来鲜香四溢，刚想伸筷却被朋友制止，纳闷之际，烧鱼的厨师走进包厢，径自拿了筷子夹起一大块放入口中。而后才明白，吃鲜河豚必定等厨师先吃了，过 10 分钟无碍即表明此盘河豚无毒，食客才放宽了心品尝。

鲜河豚的美味似乎仍难改变我对河豚鱼干的嗜好，两者的风味是极为不同的。硬要做个分别的话，鲜河豚是菜椒，虽有辣味但不淳厚；河豚鱼干则是辣椒，入口生香，刺激、利落。如同在另一座海滨城市品尝梭子蟹，蒸了煮了端上桌来，浅尝就觉生腻，弃之不理在桌上大谈宁波的“咸蟹”（鲜活腌制的梭子蟹），一屋人将我视为异类，连叹宁波人的“生猛”。

清明前夕，母亲从宁波老家给我捎来数条河豚鱼干，放在靖江的岳母家。靖江本是盛产河豚，嗜食河豚的地方，不可思议的是，生长于河豚之乡的妻子却是不敢烹食，单等我回家料理。

天知道，我是怎样忍耐着口水，清明放假迫不及待赶往靖江。等一大盘河豚鱼干上了桌，急吼吼夹了大块扔进嘴里，咀嚼一番却已没有儿时的味觉。想必，是嘴刁了的缘故。这些年“南征北战”天天、顿顿均是应酬，该品尝的和不该品尝的，几乎都从嘴里过了一遍。

百姓人家难得上一次饭店，算是打了牙祭，于我，这却已成负担。这些年，时常感叹，人生最大的快事是，在家就着一碟小菜喝白米粥。

人已非当年，时已境迁，再尝河豚鱼干竟成遗憾，既知如此，莫若留下一片记忆更为解馋。

细想，人生又何不如此。

三十二、春花可入馔

觅得半日闲情，踏春寻芳。至街心公园，闻得幽香阵阵，远眺白雪压枝头，近似莲花仙子舞翩翩。玉兰也！

三月春风似剪刀，落英遍尘地，不觉怜惜，拾取花瓣。忽想起明王象晋《群芳谱》记载：玉兰，花瓣择洗净，拖面，麻油煎食至美。

顿起贪食之心，细挑饱满洁净花瓣，归家做馔。

春夏秋冬，我尤喜春花，木兰拔头筹。

玉兰先花后叶，因其花色似玉、花香如兰得名。其形似莲花，待到花期，千蕊同放，碧波云海，暖玉生烟，且有幽香清新可人，令人沉醉。

文徵明誉其“绰约新妆玉有辉，素娥千队雪成围，我知姑射真仙子，天遣霓裳试羽衣”。

妙物高洁，可做药食。

德龄所著《御香缥缈录》提到：慈禧喜欢吃油炸玉兰片，常在春季清明前后玉兰花开时，让御膳房做了给她当消闲食品吃。

玉兰入药有祛风散寒通窍、宣肺通鼻之功效，可医头痛、痛经、鼻塞、鼻炎等症。入馔，用面粉素裹、油煎，做成玉兰花饼，外焦里嫩，清香怡人；或用花瓣佐以肉片清炒，口感清香，幼滑脆嫩；用蜂蜜浸润花瓣，可烹茶，余香袅袅，回味悠长。

撷采娇花入肚肠。源于秦朝。

屈原《离骚》：“朝饮木兰之坠露兮，夕餐秋菊之落英”，又《九章·惜颂》“播江离与滋菊兮，愿春日以为糗芳”等诗句就是关于食用菊花的最早记载。

因坊间以讹传讹，误道食花乱春心，清雅简朴的花馔，反倒成了非主流。

以花入馔，各朝代均有文字记述。

清《养小录》中，专立“餐芳谱”一章，分叙了二十多种鲜花食品的制法。陈淏子所辑《花镜》一书中，则专列“百花酿”一节，并感慨，“况园中自有芳香，皆堪采酿；既具百般美曲，何难一逸杜康。”

古代寺庙、庵观将四时鲜花采摘下来，用以制作素馔斋芳的更是不胜枚举。如《清稗类钞》记载：当时江南的一些寺院，如苏州的寒山寺、杭州的烟霞洞等，素食中就有以菊花、玉兰花、荷花等入馔的。

花宴极尽雅致，故不可狼狈，若能借山水韵致，摆宴亭台楼阁，赏花、听曲、品花宴，人生便无缺憾。

三十三、花山隐居

“山不在高，有仙则灵。”苏州无高山，却几乎所有山头，都曾收留过那些仙风道骨的大叔。

姑苏城西，有个山头名曰花山。它的周遭群芳争艳，虎丘、灵岩、穹窿、天平，个个家世显赫、大名远扬。

若问花山是何山？莫说外地客人茫然，即便本地人，也不一定知晓。

花山，总是被人遗忘，或许，它是从未被人想起过。

但你要较真说，花山是无名小辈，怕是连边上的老大们都要臊得坐不住。

何故？且来听个典故。

话说道家学派骨灰级大神，老子同志，当年也是位口无遮拦的愤青，或曾因一时兴起，一张破嘴惹恼了暴脾气的主，秀才遇到兵，不但道理讲不清，还被人追着到处躲。

最后他躲进了花山，并在《枕中记》里记述：吴西界有花山，可以度难……

我始终好奇，老子当时是不是跑路跑昏了头，否则怎么会缩在这无名小丘里，无端废了自己的一身傲气？

后来猛地想起，“祸兮福之所倚，福兮祸之所伏”，不正是出自这位愤青之口吗？细细咀嚼，顿觉其妙。

老子时代，口无遮拦，又被人四处追打的愤青多如牛毛，躲进山里的自然不在少数。

这娃是果真绝顶聪明，被人打得满地找牙的时候，他还有工夫拿眼四处寻摸。

一看不要紧，嘿，好山头都被愤青界的大咖们占了，咱不去凑那个热闹，咱就玩个灯下黑，就钻个破山沟，反正前面名山秀岭住着大个子，天塌下来由他们顶着，我就猫在后面看风景。

可想，那追杀之人，一见这小子此般猥琐，心想也不可能再有什么花头经，放他一条生路也罢。

愤青老子这才有了机会喘息，渐渐修炼成千年老妖，最终骑着青牛笑傲千古江湖。

花山，海拔不足两百米，却是奇、秀、清、幽，占尽了吴地诸山的性格。

清归有光有言："花山固吴中第一名山，盖地僻于虎丘，石奇于天平，登眺之胜，不减邓尉诸山。"激赏之情溢于言表。

花山的奇秀在于莲花峰的陡绝：远眺，峰形美如莲花；登临，则峰尖危若累卵，扪之风动，有观止之叹；而它的清幽，则在于山间崖壑深秀，古树参天，即便是晴天的日子，也听得溪唱涧吟，见得石径幽长；阳光打在石径上，点点滴滴，更显山中寂静幽深，岁月悠长。

花山住过的另一位男神，名曰支遁，乃东晋高僧。

支遁带着小乘佛教来到东土弘法，但这片土地，早就让老子、庄子两位大神洗劫了千万遍，谁还耐烦听你这些不着调、离经叛道的玩意？

无奈之下，支遁也遁入了花山，住进山洞里苦参“道行般若”绝世武功，“以草木为食，以寒泉为饮”，终于练就大法，又与江南文士王羲之等人交往，日渐形成儒、释、道合一的佛学理念，为佛教在中国的盛行奠定了舆论基础。

支遁在天池花山创建寺庙，开设道场，史载乃中国较早的庙宇、道场之一。

花山自古高朋满座，历代高僧名道、文人墨客为它写下佳篇无数，广陵书社编选的《天池花山诗文选粹》里，就收录了白居易、范成大、王世贞、文徵明、沈德潜、钱谦益、袁宏道等名家为花山写下的多篇诗文……

更有两位帝王，在此洒落“雨露皇恩”。康熙、乾隆南巡，均驾幸此地。

其中，康熙两次涉足花山，与名僧晓青问答笔和、诗词酬唱，优渥极宠，赐“翠岩寺”额，使得花山名声大作。

而乾隆也是多次上山，留下了“徘徊眷念不忍舍”等诗句，又亲题匾额、殿联，可谓“九霄忽降，光昭陋室”。

迎来送往，旧朋已乘黄鹤去，花山却依旧。梁实秋的那句“你走，我不送你；你来，无论多大的风雨，我要去接你”的名句，于花山的性格，倒是再好不过的形容。

游花山，须得细行慢走，倒非山路有多崎岖难行，却是一步一风景，脚步快了，会错过。

最好住一晚。山脚下有客栈，名曰花山隐居。光是门楣上，空山可留四字，足以回味半天时光。

空山，很大，进去，心无尘；可留，可以留人心，或是将心寄托在此。出得花山再入红尘，自此不再迷惘。似若心有家园，混沌世间，不再心有戚戚。

客栈是座中式庭院，布景禅意十足，更喜客房没有电视，书桌散放佛典数本。

竹帘掩映，可看小窗疏影，绿蕉婆娑；掀帘远眺，可观岩屏晚树，岚翠楼台。

出门，是曲桥朱廊，清心绿植；关起门来，一盏清茶，悟道自然。

后来一直在想，这客栈的“隐居”二字真是奇绝。

隐，或可解释为闭门谢客，参悟人生；居，则是生活，必须油盐酱醋茶与外界交流。

换作现代禅理，或可理解：以出世之心做入世之事。

如此想来，倒更觉欢喜，不觉在“萧萧林响棠梨战，晚恐阳山有雨来”的暗夜，找寻到了一席心的归宿。

三十四、青春的证明

这两天仿佛失了魂，努力想要忆起些许过往，最终想破了脑袋都没办法把它们挤出来。

假如那些信件还在的话，我是不需要这般苦恼的。

这些天，因为新房装修即将结束，我终于有了属于个人的书房。这是我翘盼了几十年的夙愿，原本是应该欢天喜地的。

但偏偏，在收拾那些即将乔迁书房的书籍和收藏时，唯独少了那一摞子信件。

这些信件，有些是和家人的通信，有些是笔友的，甚至还有前几任女友的。

未作收拾前，我一直感觉它们就躺在那个角落。

这种感觉一直让我很心安。

现在，它们失踪了，我几乎要把整个家掀个底朝天，但它们终究就是不见了。

当我开始明白自己就这样与它们生生世世不再谋面，那一种崩溃的情绪，就如同海啸一般涌来。

原先，我以为能够守得住那些过往的记忆，可笑的是，这仅是我的一厢情愿。

在我知晓与这些信件生离死别之后，那些原本真实存在的印象，一点点模糊下去，如若清晨的薄雾在阳光爆炸的刹那，消失得无影无踪。

在人们已经懒惰到以群发短消息代替问候的明信片，浮躁而又缺乏温情的时代，发黄的信纸上，那些一笔一画留下的文字痕迹，于我是一种温暖的慰藉。

那是我的青春，如今，我把整个青春都给遗失了。因为，我再也找不到青春曾经存在过的证据。

我歇斯底里地剪光了金钱草放肆伸展出来的茎叶，那些在阳光下反射着刺眼光芒的葱翠，像极了一张张幸灾乐祸的脸。

但最终我还是妥协给了自己的说服。

假如那些青春重新来过，我们注定不会再用笔表达自己的情感，在指尖输入，复制粘贴那些看上去特别牛却空洞无解的“格言”时代，我们注定不甘心于每日期盼那份姗姗不来的信件。

我也只不过矫情罢了。

可是，可是，那些没有信件可以佐证的岁月，它们依旧在肆无忌惮地冒出来，只是那么一点点，碎片一般，连不成一个故事，却时时刻刻在你的心头一刀一刀地扎下来。

你看不见自己的血在一滴滴的流失，只是恍惚，让你在恍惚中长吁短叹。

我们曾经是那么的浪费过时光，纵使隔着短短的半座城市，竟然可以挑灯在桌台上平心静气地写信，竟然可以在周末的清晨打着哈欠走出家门，只为赶早把信件投进巷子口那个绿色的邮筒，然后等在一边，看着邮差把信件取走方才松下气来。

而后，便是漫长的等待，等待你心里念着的那个人，重复你昨夜今晨的经历。

可是，即便我是怎样的想要抓住那个时光轻慢的岁月，它们终究和这些被我遗失的信件一般，渐行渐远……

但是，我又不甘心这样没有证据的青春彻底毁灭，哪怕是留下那么一丝爬行的痕迹，我都想再努力一把。

突然，很想给么么姑娘写信。

老天知道，她是我青春尾巴的最深记忆，在我老去之前，我的爱人，关于你的记忆它们还没有走远。

么么姑娘坐在大学的课堂里，在厚厚的笔记本上抄写着我发给她的手机短信。

她从城市的另一端坐了车来，拿着笔记本，给我看她一字一句的抄录。

“为什么要这么辛苦？”我心疼地看着她。

她仰起头，轻笑着，“这样，我就不会忘记你。”

在爱情苍凉的日子里，我时常依靠这样的温暖，哄着自己活下去。

只是后来，我们的爱情没有继续，我没有问她，那些抄写着短信的笔记本是否还在？

我们彼此小心翼翼维护着过往，如同那些云淡风轻的日子。我害怕一点点的风雨，就会让洪水漫过我的头颅。

她曾经问我，那些年为她拍摄的照片是否还在，因为她想看看自己当年的模样。

对不起么么姑娘，那些年，我丢了你也丢了你的模样……

但是，如果可以，么么，今天我想给你写信……

三十五、冬日暖阳

亲爱的么么，昨天我在木渎古镇的香溪岸晒了一个下午的太阳。

我是实在喜欢这个地方，这里的房子和格局，让我想起童年生活的那座老宅院。

现在它早已废弃了，如同我逝去多年的奶奶，我总是绞尽脑汁地回忆当时的点点滴滴，却是徒劳。

就像一只百宝箱，锁着我积攒的财富，偏偏钥匙找不见了。

今天我却是如此的欢喜，在这座古镇的西岸，我找到了睽违已久的记忆。

靠着上回等你的初见书房，有座叫作鱼米纪的饭肆，格栅的老木门一片片对闭着，客人进出的时候，会发出一阵阵吱吱呀呀的动静。

我闭着眼睛，坐在门外的茶座，享受着午后的阳光暖暖的慰藉。天是难得的蓝，有风吹过边上的紫竹林，沙沙作响。

我自然是在风吹不到的拐角，听着木门的吱呀声，幸福得几乎要睡着。

“阿囡阿囡，刚刚炒好的香瓜子，咪道交关赞睐”，奶奶的围兜里兜了一捧瓜子，从里抓了一把放进我的衣兜，又折身回去忙碌。

老松木的格栅档门，弹簧似的晃了一阵，吱吱呀呀吵个不歇。

我在阳光最热烈的墙根，半躺在竹椅上，垫着奶奶手纳的棉垫子，那种富贵的大红，喜气洋洋让人看着就觉得温暖。

嗑着瓜子，我却又不满足，嚷嚷着，“阿娘！阿娘！脚骨冰刮冷！”

木门又开始吱呀作响，奶奶提着铜质的脚炉出来，炉盖密麻麻的孔眼里还冒着缕缕的青烟，必定是刚从灶膛掏出的炭火，在阳光里生机勃勃地发出轻微的哔啪声。

奶奶把脚炉放在一边，蹲下身帮我脱掉脚上的棉皮鞋，嘴里念叨着：“哦呦，脚骨是冷额。”

捧了我的脚放进怀里捂着，又笑着对我说：“城里厢买来的鞋子就是不保暖，过两日阿娘做双擦呱新的棉鞋给阿囡穿。”

捂了好长一会，奶奶取下围兜把我的脚裹住，放在已经散尽了青烟的脚炉上，脚底心很快就感觉到一股麻酥酥的热量升腾起来。

“先生！先生！给你个手炉捂捂手”，鱼米纪的小妹端了个手炉出来。

我舒服地挪了挪身子，把手从袖管里伸了出来，接过棉垫子包裹的这个小铜炉。

记忆的情绪已经泛滥，这个小手炉里面灌的是热水，但岂能比得上奶奶烧炭的脚炉？

但这一捧温暖实实在在端在手心，却又将百宝箱里的记忆一点一滴掏将出来。

奶奶去央求村里的赤脚医生，给她一两只空的吊针瓶子，透亮的玻璃瓶子灌入滚烫的开水，套上橡皮塞子，寒冬山村里的被窝，也就不再冰冷。

原本入睡前，奶奶是会用棉毯包裹了脚炉子塞入被窝的，直到有一天，村里传出谁家的脚炉引燃了被窝，烧掉了一片祖宅的事故后，奶奶自此再也不敢了。

用她的话说："屋子烧掉了重新好盖的，阿囡有点事体，这日脚就不能过了！"

只是我依旧怀念奶奶的脚炉，它不但给予我度过童年寒冬的温暖，更给了我有关美食的顽固印记。

炭火烧到一半尚不需要添料的时候，丢进几块年糕片，拨拉着用炭块包裹起来，不到一分钟，就膨胀成蚕茧一般胖嘟嘟又焦中透香的美味，塞进嘴里又香又酥，几乎成为童年最大的乐趣。

而味蕾的印记又是那么的顽固。其实现在想来，那味道真的无法匹敌现今的任何一种零食。

但正如张爱玲一样，因为胡兰成烤了一次白果给她吃，自此爱上了那种甜中带苦的味道。

人生不也如此么？因为奶奶，我的人生再也难以抹去浙东那座小山村的记忆。

因为你，亲爱的么么，因为你说过要与我在古镇的夕阳下拥抱，自此，我再也走不出这一条条古朴的街道。

三十六、私奔到姑苏

亲爱的么么：

现在，已是到了姑苏最撩人的时节。

我到的下午，难得的水晶天，木渎古镇的杜鹃花开得正艳，络石藤缠绕的永安桥，有少女的裙裾飞扬。

桥下的香溪，摇橹船漾起一汪春水，涟漪散发开去，船娘的歌声幽幽，惊艳了两岸的翠柳。

玖树的门始终紧闭着，在推开那扇木门之前，你不知道里面究竟隐藏着什么。

管家开门的瞬间，内院的老槐树，素白的花蕾结满枝头，纠缠着阳光，越过厅堂的一汪清水，恍若时光炸裂的碎片，带我走进菩提幻境。

风掠过树叶的声音，在屋内沙沙作响。

一侧的书房，有个女孩翻着书页，我裹挟一身风尘闯进来的时候，她抬头对我微微颔首，算是对新来的成员，默默地致意。

阳光透过旧木窗棂，印在回廊的白墙上，沐光前行，不明的物质在空气中氤氲，似乎满心欢喜迎接我的来到。

厚重的檀木钥匙，管家交由我的手上，似极一份嘱托。踏过旋木楼梯，玻璃幕墙外春色芳菲，雀跃着扑怀而来，却是触摸不到。

远处的灵岩山寺沐浴在霞光中，眼前的悬牌刻着“来去任业，缜定由己”。时光静滞，我无法不感叹，这世间万物本非真实，人生也只是尘世过客，何来所得何来所失？

轻启了屋门，便是一个人的家园。烹煮一壶碧螺，燃一炷清香，馥郁满屋。

书桌放有宣帛数页，帛面更有绿茶交嵌，闻之隐有茶氛，不觉欢喜。

更兼有笔墨，信封数枚，信手提笔，欲书信一封寄于久未谋面的你。

万千话语在心，下笔却空空。搁下纸笔，起身推开临街的花窗，看人流熙来攘往，不由想起一段典故。

民国二十八年冬至前三日，79 岁的印光大师在灵岩山寺阅毕《思归集》，推窗远眺古镇香溪，见众生熙熙攘攘。

回到桌前，大师提笔写下：“应当发愿愿往生，客路溪山任彼恋。自是不归归便得，故乡风月有谁争。”

时空交错，印光老和尚笑意吟吟。

我轻笑摇头，心有眷顾必然也是慈悲，何须执念？

管家送来小酒一壶，独酌，微醺，夜卧床榻，翻几页借阅的典籍，忽闻窗外雨疏风骤。心思，这天倒是留人，姑且在这姑苏盘桓几日也好。

虽无清风明月可赏，有这芭蕉夜雨声倒也清静。只是无人共剪西窗烛，究竟有些落寞。

于是，再次想起了你。

私奔到姑苏 I133 忽然又想起你说：“管他呢，就守着这一窗的风景，和你一道老去，不也快慰？”

或者，与你私奔到姑苏。莫如，就在玖树安顿吧。

2016 年 4 月 20 日
于姑苏“玖树·溪岸”人文旅店

三十七、初见书房

亲爱的么么，我现在坐在初见书房给你写信。

午后的阳光慵淡地打在实木圈椅上，我的桌子，是一面出产自苏州御窑的金砖，屋子里很温暖，碎碎的枝蔓缠绕着书架，老式的留声机哼着淡淡的老歌。

窗外的游人熙熙攘攘，每个人的脸上都挂着不一样的表情，混账的生活究竟对他们做了些什么？在这幽巷步履匆匆！

这与我有什么关系？我只是在这里想你。

我点了一杯拿铁，虽然我并不喜欢咖啡的味道，但它能让我优雅地消磨时光，在旧式挂钟滴滴答答的秒表声里，我计算着与你分别的距离。

这里是木渎古镇，古老的房子前有流浪歌手抱着吉他唱着我听不懂的炫歌，像是蒙太奇，夸张而又怪诞。

时光有些恍惚，我注视着桌面上那盘尚未下完的残局，心里忍不住纠结，下棋的人去了哪里？

船娘唱着艳情的词曲，摇橹船吱吱呀呀从窗外的香溪划过。

香溪据传是美人西施在灵岩山上的馆娃宫沐浴梳妆后，倾倒的水流淌而成。但我更愿相信，这是那些不要脸的穷酸文人捡了去，活脱脱意淫出来的勾当。

我可不喜欢病怏怏的西施，你提起裙摆，穿着高跟鞋在大街上旁若无人地奔跑，才是我看不尽的风情。

只是可叹了吴王夫差，既已灭了越国，何以竟为这一病美人丢了江山丧了性命。

但是，男人的心思谁能说得明白呢？假如换了我，也当真是你在，什么江山什么社稷，全都要被我踢进这潺潺的溪流了。

明月寺前的银杏已是披了一身的黄袍，它们倒是会炫富，一阵秋风跑过来一番吹捧，嗖嗖地就往地上丢金叶子。

我还是老样子，没有变胖也没有变瘦，当然更没有值得炫耀的成功。我想，如果哪一天你见到我，一定会惊讶，“呀，你怎么还不老去？”

怎敢老去？因为你迟迟不来，严家花园里晶莹剔透的海石榴就要枯萎。你若是冬天来，怕也只能欣赏蜡梅了。

不过也无妨，我为你准备了一袭华服，我会穿上最为钟意的唐装，牵着你的手步入海棠书房读画、听香。

或者，我们可以去听雨轩，雕花窗外冬雨打在芭蕉叶上，滴滴答答没有绝期，你看着我，我看着你，天色渐渐地黯淡下去，只有静慢的流沙陪着我们慢慢变老。

这座古镇我来了无数趟，或许我们可以假装偶遇，在永安桥上擦身而过又各自回眸，惊鸿一瞥间，仿若当年的初见。

或是你坐着摇橹船顺溪而下，我在御码头迎了你，轻轻搀了你上岸，你或许可以假装羞赧一笑，低声轻唤一声“相公”，我顺势抱了你大呼，“娘子，随我回家！”

管他一路的单身狗们淌了一地的鼻血，有你相依，何惧千把万把别人眼里射出的箭。

我要携了你入这虹饮山房，恰似那南巡的乾隆，古戏台上你水袖长舞，我把拍子打得山响，你一曲《游园》旋绕楼阁，我道是“好景艳阳天、万紫千红尽开遍”，这万千风情绽放，岂顾得上那一众惊了梦穿越成摩肩游客的众随从。

“云髻罢梳还对镜，罗衣欲换更添香”，你袖遮俏脸眼神幽怨，呀，真真是愁坏我这负心郎！

铿铿锵锵锣鼓声响起，我当是杜丽娘与柳梦梅颠鸾倒凤被抓了现行，心头一惊才听得真切，“先生，您还需要续杯吗？”

哦，天色已晚。罢罢罢，你自是不会来了，我把相思埋在这里，你若来，自取便是。

对了，给你的信就塞在书架的第二排，若是旁人取了去，这情话，真真是要羞死人。

三十八、流浪成瘾

你还是不安分。

母亲一声轻叹，对于我再次回到南京的选择，她以这样的方式来发表不满。

我无法对已经白发苍苍的母亲，表达我再不疯狂就老了的嗟叹。

其实，骨子里我不是一个疯狂的人，我只是不肯安逸，拒绝这种毒品侵蚀般的生活。

但对于母亲，我只能嬉皮笑脸，说我们老应家祖祖辈辈没出过文人，好不容易出了一个我这般尚能假充斯文的异类，那就让我继续奇怪的生存下去吧。

母亲实际不清晓，我这漂泊的宿命，是她无意中种下的。

小的时候，多次随母亲坐着绿皮火车，从宁波启程，咪当唯当十几小时，一步步接近她一生坚持认定最美的城市——南京，她的故乡，有她的父母、兄弟和姐妹。

虽然我并不十分亲热于她的亲人，却享受和她出行的快乐，一种可谓之偷来的孩童的喜悦。

在宁波火车站，母亲照例会买上一两本《作家》或者《十月》，当然，还有《收获》，我喜欢杂志的名字，天生的亲近，没来由得想到金黄的稻田，裙裾飞扬的女子。

母亲靠杂志打发漫长的旅途。我靠想象力，尽力去遐想每一座经过的城市，那里的人、那里的路、那里的建筑，以及这座城市我所陌生的生活。

孩童的想象是丰富的，但也是单调的，因为我的幻想总脱离不了我生活的那方乡土，我的阅历无法去勾勒比我生活更加幸福或者悲惨的景色。

我渴望接触我未曾触摸过的生活，隔着薄薄的车窗，我在心里对列车掠过的每座城市说，你好，再见！

希望再见，期待脚步踏落在这些城市的真实，于是，心就逐渐生出叛逆来，在一次次随母亲出行的旅程中，积累成一个随时就会爆炸的气球。

“姆妈，我也要看书”，我打量着那时年轻干净的母亲的脸，她不再是平日里对我极为不满意的焦虑的母亲，她更像一个快乐的天使，一个怀着欢喜去自己的城市，带着积攒一年的心语，去见自己父母的姑娘，此时，我更愿意亲近她，愿意故意佯装假寐偎依着她，嗅她身体散发的芬芳。

母亲翻了翻手中的杂志，指着某一页面对我嘱咐：“这一篇你不要看。”

我当然知晓母亲的所指，只是我每当这时就会偷笑，这算什么，跟我偷看过的《红楼梦》相比，这些写字的人逊色了许多，无非男女之事，我不十分明白但也已懵懂。

其实我是很看不懂这些大人写的玩意，大段大段的铺垫和桥段，我甚至暗自轻视他们是在玩弄文字的技巧和词语的组合，只是我，这只能随母亲远足的孩子，我渴盼从成人的文字中，去触摸我的幻想所无法企及的外部世界。

受了蛊惑，自然是越压抑越渴望飞翔。

第一次的试探，是我高中毕业后，我对母亲说：“我要去当兵。”

我对自己说，一旦我当了兵，无论去哪里我都不要再回来。

三毛的书被我包裹在厚重的复习资料里，流浪、流浪、流浪，那种面带着微笑在心里为自己流泪的文字，无可救药地让我爱上了这个女子，我奉若精神教母的女子，我要去追随她，随她海角天涯。

只是连续几个星期的抗争，以我的失败告终。

我没能去流浪，却萌发了一颗流浪的心芽。于是在某年某月的某一天深夜，坐在宁波火车站的候车厅里，灯火辉煌却空空荡荡，我欢喜却又忧伤的逃离，从此滚滚红尘。

流浪成瘾……

中年再启风尘，我已然没有那份年少时的矫情。只是尚没有到终点，我依旧听从心的召唤。

我清晰此行的目标，不再是旅程中的一抹惊艳，是我半生所追逐的梦想，我要前行、前行、前行，直到再也走不动，在母亲年轻身体所散发的芬芳中，安然睡去……

三十九、致最美好的你

初中同学嘱咐写点文字，为即将举行的同学会营造氛围。而我，恰恰是最怕命题作文的，迟迟不肯答应。这似乎像当年欠了同桌的人情一般，究竟压了心事。我努力回想26年前发生的故事，总是徒劳，仿同那些故事，就躲在毛玻璃后面，隐隐有动静，却看不清晰。陪儿子到街心公园，看到樱花繁茂，没来由的，想到了那片荷塘。然后，记忆逐渐开始复苏……

校园的中央，有一个荷塘，中间有座小桥，拱形的石板桥。

塘的四周栽满了冬青。我那时个头小，比这些常青的灌木，仅仅高出一个头。

午休的时候，我会挤进冬青丛，坐在塘边。那里是乐园。有荷叶跟冬青作掩护，老师的视线，很难捕捉到我们。即便看到了，其实也无妨，再笨也会拿本书做做样子。

实际都是无所事事。大多时候，是对着那一塘的荷叶发呆。日子似乎很无聊，一条漂浮水面垂死挣扎的鱼，都会在心里引起一阵波澜。

成绩永远都是糟糕透顶，但也有石破天惊的时候。

坐在后排的一名男生，脑袋莫名其妙跌破了一个洞。康复后，像鬼附身一样，英语成绩突然好得一塌糊涂。

有段时间，我一直将自己不堪的成绩，寄托于哪天也跌上一跤，自此成为天才。

我时常会莫名忧伤。在荷塘边，我看完了三毛的大多数著作。

这个至今被我奉若教母的女子，带给我一种浓浓的情愫，她所经历的故事，正是我期盼的远方。

越来越讨厌上学。学校像个不如意的社会。

有暴君一般的老师，有倚仗个头欺负同学的“野兽”，家境优越的同学，阔得天天都有零花钱。

我总是羞愧口袋里没有半毛钱，我的同桌经常请我吃冰棍，时间长了，自己也不好意思，也只好跑到荷塘边躲“人情”。

校门口卖冰棍的两口子，是我同学的爸妈。

我夜里做梦，梦到卖冰棍的夫妻换作了我的父母，在这个梦里，我请同桌吃了个痛快。

无聊的日子，偶尔也会有八卦新闻。

荷塘是个完成初恋的好地方，但终究有许多探头一样的眼睛盯着，男生女生单独出现在那里，被人看了去，会被无限放大成绯闻。

开了窍的男生，常常对我们这些懵懂的家伙，绘声绘色地讲述那对可怜的人儿怎样手牵着手，怎样嘴唇碰着嘴唇……

讲的人，喉结亢奋地上下快速涌动，让人担心会从喉咙里突然掉出来。

听的人，感觉身体有些潮热，然后又会生发愤愤不平，如同小区公用的停车位，突然被人打了地锁，独占了。

所以，每每听到谁跟谁又分手了，总是莫名的解气。

但即便懵懂，有女同学参与的小活动，究竟还是让人激动。

一天，不知道谁起的头，在课堂上传纸条，约了放晚学后去郊外的河边玩。

跟我们一道去的女生，现在已经想不起是谁。只记得，男生黄牛抓了一条蛇，我们把它剥了皮，找了一片破瓦，点了篝火在上面烤蛇肉吃。

那个女生被吓得躲了老远，再不敢过来。男生们因了要显示自己的男儿气概，个个等不及肉熟，扯了一段丢进嘴里，咀嚼的时候甚至还要发出很大的响声。

当时就缺一壶酒了。我想，当时的所有男生，就为了边上那个柔弱的女生，都会放开来抢着喝，才不管回去后如何被爹娘管教。

几乎天天念叨，不上学该有多好。有时，一件让学校停课半天的突发事件，都会让人开心得如同过年。

然后，我们慢慢挨过了三年的时光，终于等来了毕业。

虽然，朝夕相处的人就要别离，但似乎也没有什么伤感。大家都在一座小城里生活，想象着即便不在一起上学，也能时不时碰上一面。

更何况，那时的我，已经生发出浪迹天涯的心思，离了这些人，自此不再相见倒也清净。

这一别，26 年。

当我蓦然回首，站在他乡的街头，回望那片荷塘的时候，风尘早已弥漫双眼。但依然记得，当初，最美好的你。

四十、我们要微笑

站在高速公路休息区抽烟，看着湛蓝的天惆怅在棉花云的纯净里。节后的空气中，漾着歌舞升平的安详。

鬼知道那辆大客车是怎样冲进人群的，那个半途上车的女孩子被撞出老远，倒在草坪上，脑袋上一个口子在不停冒血。人们是被惊吓坏了，七嘴八舌似有主见又没有主见，躲得远远的怕见这垂死的挣扎。

我的手掌捂不住这汩汩而出的鲜血，甜腥的味道逼迫着我的手一直颤抖。央求人找些纸巾递来，不娴熟的急救知识，在关键时刻算是抵挡了这血喷涌的欲望。

女孩终于被迟来的救护车送走，沾在手上的血迹被我搓成泥垢，两腿还在不自主地抖晃。我抬头看了看天，阳光炫目。此时我不想看见长着翅膀的天使，我祈求老天得饶人处且饶人，这还是一个刚刚开始盛放的生命。

上车后，有人还是憋不住好奇。

“刚刚那个小女孩是你女朋友啊？”

问话的女人长了双好奇的大眼睛，肥嘟嘟的嘴唇抹得妖艳，与垂直的鼻子组合成一个感叹号。见我摇头，伊仿佛是失望了，沉默了一阵，似又想起来继续的话题，“我说呢，刚刚看见你笑眯眯的，我就奇怪。”

有人用言语夸赞着我刚刚的举动，也有人附和着感叹号女人的唠叨，探究我刚刚怪异的微笑。

我感觉到烦躁，干脆给耳朵塞了麦。

北去的客车，在一片荒凉中掠过。我只能借助江南的评弹、软糯的吴语，来驱赶一个南方人背井离乡北上的愁怨。我害怕这样的远行，那里没有亲人，没有朋友，等待我的，只有干燥的空气和无休止的鼻腔出血。但我，还是要保持微笑。

“如果你微笑，你就不会害怕”，在江南小镇，一位就要出国的女子搂着我的肩膀说。她是醉了，陪我听了一夜的评弹，喝了一夜的酒。她终于从她的情人手中拿到了一笔钱，她说，“弟弟，以后我只能靠自己了。”

她又说，“拼了命想要出去，现在真要走了，却又不知道究竟去了干吗？”

她还在惦记着金丝雀的日子，有人养着，“想想以后的日子，我真的有点害怕。”

她呵呵笑着，拍着我的肩膀，满嘴的胡话，“实在不行，我就在那边再找个人包养我。”

她是个孤儿。遇到她的时候，我正被一段爱情背叛。她独自坐在酒吧的角落，我像极了一个寻欢客。她看着我说：“你的眼睛告诉我，你想和我上床。”

我们没有上床。一个遍体鳞伤的灵魂何苦要去折磨另一个孤苦的灵魂。

只是，我已经不习惯孤独。她说：“我也是。”

那个男人找她的时候都在周末。她就站在门后，听着升降机上上下下，心里默念着，“是他来了”。来了，升降机停留在了这个楼层，门打开了，唯当又关上了，鞋跟踩踏楼道的声音近了，循着她的房间过来，一步、一步，近了，她心头满是欢愉，手禁不住要去旋动门把，脚步声擦着她的房间过去了，她的心吧嗒一声，掉进了无边的虚空。她说：“我害怕有一天他再也不来。”

“我们听听评弹吧，这软糯的吴语怕是今后再难听到，”她招来吧台的先生，递了小费又点了红酒，“陪我聊聊吧，反正你也没地方可去。”

“我到底还是没能留住他，”她的口齿已经含糊，思维自顾着自己，“我不能再换个人一起生活，这样我会忘记他。”

“我要出去，出去了就要靠自己，什么都要靠自己，会无助，会害怕，这样我会一直记住他。”她说，“害怕，是记住一个人最好的方式。”

晨曦微露时分，我们拥抱着分手。她踉跄着步子走出老远，又折了回来，搂着我的肩膀说：“弟弟，你要记住，如果你害怕了，你就微笑。”

微笑，是因为害怕。姐姐，你能否告诉我，当微笑驱逐走害怕的时候，我们是否已经将一个人遗忘？

四十一、你在急什么

今天查看了一下自己的交通违章记录，简直要被吓一跳，按照目前“最严交规”的标准，我的驾照似乎要被吊销了。

我努力回忆那几次违章经历，都没有特殊情况发生，而且是在忙完工作之后一天中最闲暇的时光。

我没有开车看美女的习惯，由于是菜鸟，视线几乎覆盖在路面，“压线、随意变道、超速、闯信号灯”，我怎会变得这般劣迹累累？

后来，一位交警朋友说：“你这些行为十有八九是心急所致。”

一语道醒梦中人。

性急如我，采访时恨不得抓了要紧素材马上走人、马上出稿子、马上刊发；大家一起吃饭只有我扒着饭碗狼吞虎咽，放下碗，其他人才吃了一半；种植花草，恨不得马上生根发芽转眼间就开花，一天不见长新叶就感觉这花草白养了；钓个鱼半小时不见鱼儿上钩，扔了鱼竿就跑，等着养鱼的捞网下去逮条大的……

我总是说很忙、非常忙，父母喊我吃个饭，急吼吼赶去，见饭菜还没下锅，急得自己抄起锅铲叮叮当当忙碌，全然不顾父母与我说说话的渴望。

吃饭时，老妈说："你慢点，没人跟你抢！"

我还是扒着饭碗，说："我赶时间呢，忙呢！"

"叫你吃个饭，从来没有不忙的时候，"老妈有时候要发火，嘀咕，"我见儿子一面就这么难？你就不能歇一歇陪我们说说话？"

我于是装模作样放慢速度，却不停地去看时间，气得老爷子一声吼："滚，赶紧滚蛋！"

其实我在急什么呢？

记得自己挤公交车上下班的日子，明明起得早时间宽裕，却因为等红灯时间长了，急得似乎要尿裤子；下班也没应酬，也就是回家泡方便面吃，还是被公交车蚂蚁爬的速度急得上火。

自己开车以后，遇到堵车，急得一边按喇叭一边大骂前面的司机"不会开车跑出来哺瑟啥？"前方的车子堵了我的道，超车距离又不够，还是骂"死人出来散步啦！"被后面的车超了，更是骂"你比老子还急啊？"

急有时候能急出奇葩事来。

记得刚开始谈恋爱那会，跟女朋友压马路，有几次走着走着，自己还说得津津有味，一扭头发现女朋友丢了。

赶紧四处找，最后发现她坐在后头花坛边生气呢。

我急乎乎地冲过去问，"你坐这儿干吗呢？小嘴噘得高高的，谁招惹你了？"

她没好气地瞪我一眼，抱怨道，"你能不用抢新闻的速度来散步吗？"

今天，我决心改一改自己的急性子，午后特意找了一位做自由职业的朋友去鉴湖喝茶发呆。

“哥们，火星来的吧？”朋友盯着我足足看了半分钟，惊讶道，“星期一你放假啊？”

心里叹了口气，原来我在别人眼中就是个忙碌的命。嘴上却不饶，“管这么多，你是我老婆啊？”

等到坐下来，关了手机打定人间蒸发的决心，突然发现，慢下来的景致特别美好。小荷刚刚从湖面探出头来，湖鸥掠过水面漾起层层涟漪，霞光打在湖光山色间，梦境般迷幻……

一杯茶被反复冲泡了几遍，自己也是感觉奇葩了，原本我对茶的苛刻是不容许超过三泡的，今天却捧着一杯茶喝了一个下午。

朋友看着我，笑道：“这一下午你倒是气定神闲啊。”

我伸了个懒腰，感叹道：“早些年我咋就没感觉这鉴湖这般美，小娘子你这么风情万千呢？”

四十二、为女人打架

一家新开的影院邀请我去观摩观摩，踌躇了很久，最终推托了。

倒非我不喜欢看电影，或者是跟影院的老板有仇，实在是自己对一桩旧年往事耿耿于怀。

1998 年我很忙，忙着考学校，忙着做小生意，忙着为杂志社写稿……

那时我住在南京农业大学后门的一条巷子里，名字很富贵，叫作龙宫路。

实际却是一处垃圾遍地的城中村，农民自有的宅院和年复一年违章搭建起来的窝棚，把原本就泥泞拥堵的巷子，日渐变成烂了肚的鱼肠小道。

这里的每个院子、每个屋檐下，都挤满了来自五湖四海的三教九流之士。

我的住处，是农民原本的厨房，厨灶早已拆除，两张长凳铺一个门板，既是我的床又是我的书桌。

因为房租便宜，加上可以借房东的木梯子，从围墙翻进校园，享用免费的自习室，更加因为学生食堂的伙食不赖，即便周遭飘散着垃圾的腐臭味道，白天不绝于耳的骂街声，入夜唯恐人听不清撕心裂肺般的叫床声，总归是在这地面安了家。

我住的院子里还有两家住户。门口住的是一对夫妻，从海安来南京做弹棉花生意，收工以后常喊我过去喝酒蹭饭。

里面住了一位姑娘，十八九岁的样子，不像是学生，白天几乎都在睡觉，晚上都跟我一样，准时 11 点半回来。

不同的是，我是从学校的自习室出来，她却是哼着小曲，厚厚的大衣裹着超短裙和吊带衫回来。

从校园翻围墙是到龙宫路最便捷的路径，否则就要绕五六里地，穿越一片鬼影子都看不清的沿河路，龙宫路的住户们没有谁会做这傻事。

因为经常在同一时间同一地点，一起爬墙头回家，我们慢慢就熟了起来。

更因为有几次，不知哪个龌龊鬼抽掉了爬墙的木梯子，只能我先爬上墙把她拉上来，又先跳下去，在地面抱住她的两条腿，任由她慢慢把整个身体挂在我身上。

每次，虽然双脚已经着了地，她还是要在我怀里停顿一会，她把我抱得紧紧的，一直要等我连喊几遍“好了，你安全了”，她才会恍然大悟一般松开我。

后来她说：“反正你也不急着睡觉，晚上你就在这里等我，万一梯子又被人抽走了，我就麻烦了。”

我居然也正儿八经地点了点头，表示默认了。

然后的然后，有几次我把她抱下围墙，又一道回到出租屋，她看着我，脸色潮红地对我嘟囔：“你，要不，到我屋里坐坐吧。”

我没有去，只是笑着跟她摆摆手。

虽然我已经知道，她叫菁菁，在一家夜总会坐台，虽然我知道，只要进到她的屋子，我肆虐的荷尔蒙将会破堤泛滥……

好在那时候我志向远大，加上我当时的女朋友，还在北京苦等我考到她的大学去，相较于现在精虫满脑的我来说，任何一个姑娘的裤裆都是安全的。

终于有一天，我记得还是很清楚，那时已经春暖花开，夜晚已经不那么冷，翻过围墙的时候，她跟我说：“明天请你看电影。”

“什么电影？”我们边走边聊。

“泰坦尼克号。”她说。

“嗨，大片啊，”我笑着说，“没问题，明天我请客。”

“不用！”她摇了摇头，面对着我却目光游离，轻轻地说，“我一个朋友会把我们带进去。”

第二天下午，我们约在鼓楼曙光电影院门口见面。

碰头后，她带我拐到电影院边上的一条巷子，进了一家卖茶叶的店铺，跟里面一位脑门微秃的老男人打招呼。

老男人五十几岁，头发梳得油光水亮，一双小眼睛滴溜溜地在她身上游走，让人联想起旧时上海滩家道中落后落魄又猥琐的小开。

他终于发现了我的存在，只听得他问：“这个小杆子（南京人对年轻男人一种挑衅的叫法）谁啊？”

“他是我朋友，我带来的。”菁菁对老男人说。

老男人从我身边走过，瞄了我一眼，顺手拍了拍菁菁的屁股，“走吧，我带你去。”

菁菁躲开了老男人的咸猪手，看我已经掩饰不住的怒容，

赶紧拉了拉我，又一副息事宁人的表情看着我。

“走不走？再不走，老子打牌去了！”老男人发觉我们没跟上，扭过头来不耐烦地冲着菁菁喊。

“走吧，哎呀，没事的。”菁菁小声对着我央求。

我叹了口气，只得跟着她。

进了电影院，老男人给一个管收票的男人发了一根烟，头冲着菁菁一歪，菁菁赶忙拉着我进了放映厅。

一股影院特有的霉潮的气息扑面而来。

影片已经开场，正在播放片头曲，借助忽明忽暗的荧光，我们找了两个空位坐下。

等眼睛适应了光线，我拿眼看了一圈，发现老男人坐在前排，见他转过头来对菁菁招手，指着自己边上的一个空位示意她过去。

菁菁对他摆了摆手，老男人却不依不饶，到最后都不顾边上其他看客的不耐烦，嚣张地冲她喊，“过来哈，啊要老子过来抬你？”

被老男人这么一喊，所有人都把目光聚焦到了菁菁身上。我当时已是气不过，骂了一句，“你这个老流氓……”

正要站起来，却被菁菁一把拉住，皱着眉头对我说：“不关你的事，你好好看电影。”

她站起来，摸索着坐到了老男人的边上。

老男人猛地搂住菁菁，把头拱到她的身上，她挣扎了一会儿，就随了他去……

电影我几乎没有什么印象，因为老男人的咸猪手一直在菁菁的身上揉捏着。虽然菁菁不是我的什么人，甚至连朋友都算不上，但那一刻，我有种男人的尊严被侵犯的感觉。

阴暗、霉潮，各种人与畜生的味道充斥着影院的每个角落，影片即将结束的时候，我终于忍不住跑进厕所呕吐起来。

一个年轻人对于人性的美好想象，在那一刻坍塌、崩溃……

“他经常去我们那里，每次都点我陪他，”那天晚上翻围墙的时候，菁菁对我解释，似乎又怕我替她抱打不平，又一再说明，“他是混黑社会的，我们老板都怕他……”

我无力去拯救一个迫于生计堕入风尘的女孩，却不能放下一个男人卑微的尊严，终于在两个礼拜之后，我和几个在自习室认识的复读生一道，将老男人堵在一个巷子里暴打了一顿。

多年以后，龙宫路开始拆迁，我和菁菁住过的那个院子已经变成一堆废墟，菁菁回了老家还是继续漂在南京，我不得而知，因为那年夏天我短暂的离开了这座城市。

我在鼓楼公园遇见过那个老男人，他抱着一个小孩子笑得跳牙咧嘴，我从他面前走过，他看了看我，显然已经想不起当年那个暴戾的少年。

曙光电影院已经拆除，周边已经成为高楼和绿地，一点记忆都没有保留。

那些发生在阴暗、潮霉角落里的龌龊事，在我不再纯净的灵魂里，已经稀松平常。

只是，我再也没有走进过电影院。

四十三、好久不见

拿着书坐在浓荫下，我在唱歌，一只湖鸥立在枝头，歪着头看我。

它或许奇怪，这个人究竟是要看书还是要唱歌。

大人们常常告诫小孩子，一心不可以两用。只是我的父母不会知道，看书的时候我会唱歌，唱歌的时候我也在看书，如同他们永远搞不明白，那么愚钝的小儿子怎么吃起了文字饭。

自小我就是个莫名其妙的孩子。

6 岁的时候，我把鞭炮绑在公鸡的脖子上，一阵硝烟弥漫之后，那只倒霉的公鸡居然被吓破了胆，第二天我骄傲地帮助百思不得其解的奶奶，吃光了公鸡身上的肉。

那一年，看书的时候我唱着“小螺号，滴滴滴吹”。

8 岁的时候，我为了阻止一位女生在教室的“学习天地”上涂鸦，勇敢地把她推倒在地。

班主任骂我是街上的小混混，我豪迈地摘下中队长的臂章，愤愤地扔在地上，跟着气急败坏的班主任走进办公室，吵着让学校退还我的学费。

那一年，我握着课本在教室里唱“我们是共产主义接班人”。

9 岁的时候，我为了做雷锋，捡起女生掉落的笔记本，勇闯女厕将它物归原主。女生提着裤子站起来跟我握手，说了声“谢谢”。我谦虚地摆摆手，说不客气。

我那纯洁的满头白发的校长看见了我的壮举，把我塑造成了一个典型，直到进入初中才终于摆脱头顶上流氓的光环。

那些年，我看书的时候忍不住唱“大刀向鬼子们的头上砍去”。

13 岁的时候，我不想再念书，跟着农村考来的同学，筹划去砖窑打工的阴谋，结果因为人家不收，才带着满腹愤懑回到学校继续念书。

那时候，我拎着课本，已经跟着街上的小流氓学会了唱“亲爱的小妹妹，请你不要不要哭泣”。

16 岁的时候，喜欢上了母亲同学的女儿，每周一封信件往来，相约在她 20 岁的时候为她披上婚纱。不料恋情被曝光，各自被父母教训，答应痛改前非老死不相往来，却在五年后跑到南京去看她。

只是世事难料，那女孩竟是真的绝了情，再不肯见我。

那些年我看三毛的书，然后唱“为什么受伤的总是我”。

23 岁的时候，我约了女孩在未名湖畔见面，她说她不知道怎样在他和我之间做出选择。于是我急流勇退，告诉她，等我足够优秀的时候再来找你。

那一年，我唱着“只要你过得比我好”，带着一箱子的书札走进茫茫人海。

现在的我，已经修炼成浑身抹油的老滑头，写着我不喜欢的文字混饭吃，调戏每一个无法进入心里的女子打发无聊。

我看佛经，冒充顿悟的闲云野鹤蛊惑世人，然后我唱“好久不见”。

唱歌的时候我会想起一些事、一些人。然后想到了好久不见的某个她。

每一个男人的心里都住着一位董小姐，修炼功夫不够的，往往被家里的黄脸婆察觉出端倪，最后闹得鸡犬不宁。

我的董小姐住在我的心里，安营扎寨稳稳妥妥地住得安心，绝不会轻易让她出门见客。

但毕竟是怀揣了贵重的东西，老是藏在心里也会发霉，自己也终究有些暴发户的心理，于是就带着她去街头的咖啡店坐坐，然后拿着一本可以作为掩饰的书，对着她说："好久不见。"

神智正常的人看了去，回家便有了谈资，说某年某月某日，在苏州某地，看见一个神经病手里拿着一本书，一边唱歌一边流泪，估计是被相思所害。

终于，尚存善心或有些许文艺情调的人会一声叹息："哎，问世间情为何物"。

下午的时候，一个以前玩得很好的女孩打电话给我，开玩笑说："哥，我都成老姑娘了，干脆你收了我吧。"

一时脑子有些凌乱，我默默地拿起书跑到金鸡湖边，寻了一片树荫唱歌。

那只鸟依旧看着我，喉间发出咕咕的声音，仿佛董小姐托了它的魂在嘲笑我。

举起书，向它砸去。

湖鸥在空中盘旋了一阵，竟又回到原先的枝头，依旧发出咕咕的叫声。我笑了笑，捡起书，对着它说："好久不见。"

四十四、爱情等不起

尼克打电话给我，说：“老师我请你吃饭。”

“不去”，我蹲在地上淡淡地回应，忙着把一粒麦片放到蚂蚁面前。即便这样的无聊又寂寞，我还是不愿意应酬的热闹。

尼克沉默了一会，又说：“我结婚了，你不来喝喜酒吗？”那哀怨似乎我欠了他十万两银子似的。

“啊？”蚂蚁始终遇不到横阻在它面前的麦片，我干脆丢在了它的身上。

“我结婚了，请你喝喜酒。”尼克炫富般又重复了一遍。

他声音炸得我耳朵疼，我有些不耐烦，“知道了，时间、地点，少废话。”

尼克是我在报社时候的实习生，这些年一直保持有联系，只是经年相见不如怀念。

结婚这种大事还是要去凑一下热闹的，何况古人说一日为师终身为父，儿子结婚老子不露面，于情于理都是失了礼的。

不日，前去赴了宴，新人站在酒店门口恭迎来客。照例，我递上一个份子，尼克摆着手又脸红耳赤死活不肯接，我笑道：“这孩子，又不是给你的，给儿媳妇的。”

占了便宜，我也顾不得新娘如何揣度我这孟浪的人，自己进去找位置坐。

刚入内，听见有人招呼自己，一看是圈内的几张熟面孔，干脆上前拼了桌。寒暄一阵后，桌上的人又恢复了我来前的话题。

“听说尼克现在还是租房子住，他们的新房也是租的。”

“那女方的家长肯的啊？要是我男朋友没房子，我爸妈打死也不会让我嫁给他。”

“他们不会是……”说话的女孩指了指自己的肚子，笑了起来。

一桌子的人心领神会地笑着。

这样的语境，对于我来说是坐立不安的，我是带了满腹的祝福而来，这样的话题，不让我拂袖而去已是内功炼得炉火纯青了。

看看边上的桌子已经坐满了宾客，我也实在无处可逃，也罢，就当检验自己的修炼了。

但聒噪的声音还是不停灌进耳朵里，租房、房子；房子、租房，这两个词不停歇的摧残着我的神经。

我浑身燥热，似乎已是被催了眠，脑子里不停地出现幻觉。

多么久远的事情啊，仿佛隔了一个世纪那般漫长。

那一年，我26岁，租住在南京城的一个城中村。我有一个学美术的女朋友，我很爱她，盼着早点把她娶回家。

我们已经同居了两年，彼此都见过双方的父母。我的父母自然是十分的愿意，因为他们一直忐忑自己的小儿子，不帅、没有正经工作、脾气暴躁，估计脑子正常的姑娘都不会喜欢上他。

我的准岳父母，似乎对我还算满意。他们每次来看女儿的时候，我的那帮狐朋狗友总是帮我撑足了面子，他们以为那真的就是我的生活，倒也没什么挑剔的。

我们盘算着结婚，甚至我已决心放下我没来由的高傲，去寻找一份长久的工作。

悲剧和惊喜一样，都是来得莫名其妙。

那一天，我去公交站接了在报社做美编的女友回家，炫耀着杂志社寄来的一单稿费。她笑盈盈地看着我，夸我："不错啊，顶我半个月工资了。"

我们俩像一对幸福的耗子一样躲在屋里，计算着银行卡里的存款，美滋滋地憧憬着未来的美好。

房门不合时宜的被敲得简直要掉下来。心想不会是哪位狐朋狗友上门来蹭饭，忙起身去开门。

站在门外的却是房东，神情不似往日的淡漠，却是怒气冲冲讨债的模样。

"涨房租了！"房东大妈两手一摊，等不及我们弄清楚发生了什么事。

"怎么又涨房租了？"我是十分的气恼了，上个月刚刚涨了一百，实在没来由。

"对，就是要涨了，"大妈显然理直气壮得很，她指了指两个凄惶的小人儿，"我以为你们是两口子呢，谁知道你们是未婚同居。"

"就凭这个要涨房租？"我简直要气晕了，喝道，"我们结没结婚跟你有什么相干？"

"不涨也可以，那你们马上搬出去！"房东手指向外边，似乎这样就有了挪物大法一般，让我们像垃圾一样飞滚出去。

"讲不讲理了，"我也毫不示弱，在这种关键时刻，作为一个男人，我必须要有底气不让身边的女孩受委屈，我把房东挤到一边，轻轻关上房门，再与她理论，“刚交给你半年的房租，你现在叫我们搬出去，你这是违约，你要负担赔偿责任！”

这事情后来惊动了派出所，房东喊来了警察仗势，非要将我们这对不清不楚的狗男女清理出门户。

我把女友关在屋里不让她出来，但凡有什么晴天霹雳的事，我独自阻挡就已足够。我宽慰她：“有我在，屁事没有。”

在院子里，那警察对我说：“你们的确是不占理啊，你们这是非法同居……”

“警察先生，请你搞搞明白，哪条法律写着非法同居四个字？”

我的不妥协也惹恼了警察，死活要将我拖到派出所处理。我反抗着，女孩在屋里哭泣的声音，却一下子刺痛了我的心脏。

此时的我感觉到了无力。

那警察又嫌拖拽我太累，喊来两个辅警帮忙，硬架着我去了派出所。

女孩疯了似的冲出来，要跟三个大男人拼命。

我努力挣脱辅警，赏了他们每人一个耳光，转身对女孩说：“别闹，在家里等我。”

我几乎是被架成喷气式飞机一般绑到派出所的，他们自知没理由处罚我，于是拿我打辅警耳光的情节说事。

“你这是袭警！”警察说。

“我是正当防卫！”我反驳。

谁也说服不了谁，最后他们同意我打电话给朋友，让他们来保释我。

我电话招呼来的是当时日报社很牛气的一个记者，也是我后来进入媒体这一行业的引路人。

他人一来就听警察数落我，一直都没吱声，后来警察让他在一张单子上签字，他眼皮都没眨一下，看着警察。

警察就喝他，“没耳朵怎么的？”

哥们就说：“你们违法了知道不？执法者犯法是什么结果知道不？”

警察被惹毛了，又站起来喝道：“你不要胡搅蛮缠，给你整个妨碍公务，你试试！”

“试试就试试，正愁着没什么像样的线索。”哥们把证件“啪”地往台子上一拍，这下把所长、指导员都给拍出来了。

最终的结局是，警察给我道歉，又把房东唤来教训了一番，虚情假意要请我跟那哥们吃饭，结果我们一声不吭自己出来找了家面馆打发。

这是一场豪迈的追忆。悲情的结果却是，当我回到出租屋时，只看到女友给我留的一封信，“我承认和你在一起是因为相爱，你也给予了我一个男人的担当……我想要有自己的房子，永远不受今天这样的屈辱……”

房子，在那样的年纪是我的死穴，我是无法给予她的。我的父母后来问我，为什么不跟他们说，假如当时他们知晓了的话，总会想办法为我去筹钱的。

我没任何理由来向养育我却未曾得到回报的父母索取什么，我是男人，这就是答案了。

多年以后我也在想，当初我为什么不去苦苦挽留那份爱情？也许，那就是青春吧，所有的一切都带着莫须有的狂热和不理智，却每天都有着追求的年月。

台上，尼克煽情地对着新娘说：“谢谢你，亲爱的，我没房没车却收获了你的爱情，我会永远宝贝你。”

众人哄闹着，要新娘说出嫁的理由。新娘娇羞地笑着，她凝视着尼克，深情又富有诗意地说：“我们都年轻，车子房子我等得起，但爱情不能等待！”

四十五、一个小男人

我一直在想，或者从别人的审视中清晰自己是一个什么样的人。我从来没有归纳过自己，长久以来，我一直以一种特立独行的姿态活在这个世界。

我是水瓶座，这个星座的性格特征在我身上显现得非常明显，我自认有点聪明，因为我不知道聪明究竟是件好事还是坏事，我喜欢创新，一成不变的环境会让我窒息不安，我追求一种精神上的美好，甚至可以忽略物质上的匮乏。

我尊重每一个我认识的人，尊重他们内心的世界和坚持。我见不得别人生活的不好，只要开口我都会倾力去帮助。当然，我也会看不惯那些欺凌弱小的家伙，我会怒发冲冠。

我是那种朋友都会喜欢的人，我到哪哪就会有欢笑，我喜欢调节气氛让大家都开开心心的。要是我跟大家在一起时不说话，大家就知道我有事了，知道我心里肯定有事了，我就是个让人能一眼就看穿的男人。

我曾经是个工作狂，忙起来什么都不顾。朋友们喊我一起吃饭，有时赶过去人都吃得差不多了，不但要我买单还要骂我一顿才肯罢休。我从来不会因为这个生气，因为跟我相处的朋友都是可以交心的。但是在以前，我还是会愤愤不平：等我有了女朋友，结婚了，我才不要跑来跟你们吃饭，花了钱还要买骂。呵呵。

我休息的时候，喜欢赖在家里睡觉，然后喜欢起来以后上菜场去买菜，我喜欢折腾，按照自己独创的想法去折腾那些买回来的食材。我喜欢看着我喜欢的人把我的作品吃得狼吞虎咽。除了这些，我喜欢摆弄花草，我喜欢把住处整得跟花草市场一样，我喜欢这样，对，很小清新很温暖的感觉。有人会笑话我太没出息，好不容易休息就在家搞这些事，太没有前途没有理想了，但这又有什么关系，我感觉到的幸福就是这样的。

我爱一个人会爱得死去活来，会掏心掏肺地对她好，所以，一旦受到伤害的时候，我就会特别的难过。我渴望的生活是，有一个知我疼我的爱人，我们共同生活在一个屋檐下，半夜醒来我可以紧紧抱住她，而不用睁着眼睛看着天花板直到天亮。

当然，慢慢的我还会有一个孩子，我和我的爱人一起把他养大。我不希望我的孩子成为大人物，平平安安有点小儒雅就行。

我经历过一些事，但脸上没有沧桑，我有委屈得想要哭的时候，但是我不知道眼泪是什么滋味。我愿意为了一个知心的爱人去打拼明天，当然我也会有累的时候，那么，就请给我一个拥抱。

我算不上一个正直的人，算不上有作为，但我会努力去做好每一件我认为应该做的事。即便我的坏脾气时常跑出来闲逛，但那些天真的、善良的本性却是无法掩盖的。

我叫应志刚，我就是一个小男人。

四十六、诗歌，远方，还有姑娘

到一位做汽配生意的兄弟家做客，居然在酒柜的角落，发现了一本 20 世纪 90 年代的《星星诗刊》。

我连声大呼，“简直是文物哎！你一个奸商，拿这玩意装斯文吗？”

兄弟鄙视地翻了我一眼，幽幽地说：“老子当年也是诗人好不好！”

为了印证他的话不是酒喝多了之后的吹牛，他硬是从床底下拖出一只藤条箱来，嫂子说：“这里面是他娶我时的全部家当。”

箱子里全都是纸页发黄的旧书和旧本子，他稀里哗啦一阵翻寻，掏出一本封皮几乎磨脱掉的硬抄本，“啪”地往我面前一扔，“看看，看看啊，这里面全是老子当年写的诗”。

一听他又要开始谈论诗歌和当年的远大抱负，嫂子轻轻拍了拍我的肩膀，用一种非常同情的眼神看了看我，又深深叹了口气，“兄弟，你跟你哥慢慢聊，嫂子先撤退了！”

远方、朦胧的爱情、流浪，当这一些久远又熟悉的句子映入眼帘，我的眼眶开始湿润。

“哥，干了，把这杯酒干了。”我已经醉了，我的兄弟也醉了，醉得相互对望又哈哈地一阵傻笑。

原来我们当年都是诗人！

兄弟打着酒嗝，口齿不清，我却听懂了，“写诗、写诗，全是扯淡，这玩意除了泡妞，屁用没有！”

我感动得连连点头，哈哈大笑，笑得眼泪四溅。

1993 年，那年我 19 岁，在浙江腈纶厂做一名工段班长。

改革春风早已吹满地，个体户和暴发户遍地都是，但并不妨碍国有企业老大哥滋润潇洒。

拿着比爹妈还高的工资，吃喝不愁，除了上班吊儿郎当混时间，就是喝酒抽烟、赌博打架。

有一天感觉这样的日子过腻味了，正巧车间要举办黑板报比赛，主任做动员，希望我们这些“受过良好教育”的“革命小将”，“不要一天到晚喝酒闹事，你们就不能画个画，写个诗什么的，我们车间要是能出个画家、出个诗人，多风光啊！”

顶着毒辣的日头，我跳进高高的循环水池，美美地泡了个澡又舒畅地撒了泡尿，突然灵感闪现，对追在屁股后面训斥的工段长说：“有了！有了！”

工段长纳闷，喝问道：“什么有了？”

“诗！诗！我想出来一首诗！”

工段长一听也特别兴奋，也不追究我破坏生产的责任了，把我拉进他的办公室，恭恭敬敬笔墨伺候。

“烟”，我伸出两根手指晃了晃。

“这不好吧？”娘娘腔的工段长挠了挠头，细声细气说，“被抓到要扣分的！”

“滚蛋！”我拿眼瞪他，“没有烟哪来的灵感？”

工段长一听也是豁出去了，据说其他工段都有作品上报车间了，好不容易我这个平时不是打架就是酗酒的家伙，主动跟他说脑子里有一首诗在打转，那还不赶紧供起来啊！

抽着烟，我哼哼唧唧的终于把脑子里那些乱七八糟的句子写到了纸上，工段长拿过去念了好几遍，拍着桌子嚷嚷，“这这，这写得太好了！”

我谦虚地说：“我再仔细想想，斟酌斟酌。”

“斟酌个屁！”他兴奋地一把抢了过去，冲下楼就往车间办公室狂奔。

那首诗最后发表在车间的黑板报上，厂里很多姑娘都跑去看，据说厂部的美女秘书也去了，把它悄悄抄在了自己那本带锁的笔记本上。

那首诗的内容早已记不清，只记得有这样一些词，什么人生长卷、生也欣然、死也欣然。

我成了诗人，由此也成为厂里那帮受小资产阶级情调腐化的文艺青年的“领袖”。

那时候，我们都喜好收藏有稀奇古怪图案的硬抄本或软抄本。软抄本用来打草稿，硬抄本用来誊写，往往还有一把带锁的本子，那里面记载的都是自认为得意的作品，轻易不会给别人看，只给“懂我的人”看。

因为写诗，身边慢慢聚集起了一些姑娘，她们浑身洋溢着青春的芬芳，她们固执地认为诗人是不善于照顾自己的，于是天天帮着我去食堂打饭，冬织毛衣夏送冷饮。

无私供养一位伟大而又高贵的诗人，成了她们乐此不疲的差事。

直到有一天，她们突然发现，我这高贵的脑袋，居然都没有在文学刊物上发表过一篇作品。

于是，她们开始怀疑，开始疏远，开始寻找属于她们真正的灵魂寄托。而我，则开始走向了远方。

这一走，20 年，青春不再，那些给了我无比温暖的文艺女青年们，自此人海茫茫。

我不知道，她们还相信诗歌吗？她们还敬仰诗人吗？

只是有一年回乡，遇到当年厂里的诗友，问他：“你现在还写诗吗？”

他对我翻了翻眼珠子，“写毛线啊，那时候就是看女孩子都被你们泡走了，心里发急才跟你们混在一起的。”

我的兄弟说得没错，诗歌就是荷尔蒙，除了泡妞啥用都没有。

但我还是要感谢有诗的岁月，让我今天的头颅依旧充满诗性和理想；感谢当年写诗的自己，让我在中年时回想少年时光，得以与那遥远而又温暖的记忆重聚。

四十七、我的大老婆

“没有和她生活在一起，你遗憾吗？”临睡前，妻这样问我。

她，是妻至今仍耿耿于心头的女子。

我总是被妻想象成婚前“妻妾成群”的混蛋，但对于众多的“妻妾”，她却是妻所能勾勒起我无节操生活的标本。

因为，是她的“慷慨”离弃，才使得妻有了“继承”我这个浪子的机会。

我一直对那些陪伴我度过没钱没事业的艰辛岁月的女子心存感激。她们，甚至没有享受过情人节的玫瑰，却用最美好的身体温暖了我最卑微的日子。

在和妻恋爱的时候，任凭她怎么费尽心机地探底，我都严守和那些女子的情事。

我愧疚于她们，不愿把那些即便撕开来伤痕累累的故事，像件标本一样展览于另一位女子面前。

而她的最终曝光，只因我时常的对着相片神伤不已，终究在某天败露了踪迹。

于是，我不得不与妻彻底交代我跟她的过往。

实际在内心里，我时常拿她和妻作比较。她和妻一样，是被我带回老家示于亲朋前表明关系的女子。

如果一切按照既定的轨迹进行下去，她将成为我的妻子。

算命先生曾对妻子胡诌，说我是个“二婚”。由此惹来妻子故作打翻醋坛子状，戏谑她是大老婆自己是小妾。

其实倒也不假，都是双方父母已经认定的，同床共枕数年也算得上是一场夫妻缘分了。

由此，她时常成为标本被展示于我的言语中，用来鞭策现今这个粗声粗气还会使使小性子的小妾。

妻子嘴里的这个大老婆，实则是个柔弱娇俏的江南女子。

即便是气恼不已也不可能河东狮吼，顶多无辜地躲在角落里掉掉眼泪珠子，不像如今的这个小妾敢大着嗓门和我顶牛。

我时常在妻鼾声四起的夜晚，回忆起月光中我凝视她的情景，我甚至还能回忆起自己当初的感叹：上天真是垂怜，造就这样一个粉雕玉琢的可人儿，让她安静地偎依在我的臂弯里。

我是个火暴性子的人，在脾气爆炸的时候，妻除了施以女高音压制的法子外，只能委委屈屈地等待我这个坏脾气的老头，自己拔掉炸药包的引信。

而她，则会抚摸着我的胸膛一声轻轻柔柔的“你不要生气呀，生气会老的呀”，未等发作自己就已融化成了一摊水。

那些流年，于她是辛酸的。我的孤傲总让我在事业上到处碰壁，那些日子如果没有她，我相信自己早已流落街头成了一名乞儿。

而她又是那么的爱漂亮，迫于两人开销的窘迫，也只能是逛逛大市场淘些便宜的大路货，但她又是聪慧的，能够用一条蕾丝让廉价的衣裳别致起来。

她的单位发了一张金鹰国际的购物卡，在一大堆奢侈品面前，计算了又计算，最终选择了一个男用的手包。

对于我的歉疚，她仰起脸轻柔地说："男人出去要有面子的呀。"

我的眼睛是潮湿的，她用手摸摸我的脸，"以后有了钱你再给我买啊。"

而我一直就不曾有钱过，倒是她用一个画夹打发了那段贫穷相守的日子。

美院出来的她，甚至想背着画夹去公园门口为人画肖像贴补我们潦倒的生活，终因我的极力反对作罢。

她时常坐在窗前沉思，像一座雕像，在了无生机的时光里等待憔悴满面的我缩回这个小窝，还有我莫名其妙的坏脾气。

对于她的最终离去，我在很长一段时间无法释怀，但想来却是顺理成章的。是我可怜的自尊失去了这个灵气的女子，于她，也算是一种回归幸福的选择。

妻子问我是否遗憾最终没能和她生活在一起。我再也没能熟睡。没有答案。冥冥中的一切早已被造化。

千帆过尽只留下感恩的心。

感恩那些陪伴过我的女子。感谢妻子，同样是一段不容易修来的姻缘。执子之手，与子偕老，已经诠释了我拥有的幸福。

四十八、你这个叛徒

悬铃木老去的城市，霓虹在冬雨里哭泣。

车载电台里播放着《好久不见》，一个男人无可奈何的叹息。又是堵车的雨夜，我摇下车窗，唤来卖报的老大妈。

我已经在她这里买了十几年的报纸，她是认得我的，但她又总是记性不好，例行问我："她没跟你一道下班啊？"

或许，每一位与我牵手经过她那报摊的女子，都是她嘴里的那个"她"吧。

"你看她好可怜的，我们买份报纸吧。"那个她仰起头看着我，神情像极一个想要礼物的小女孩儿，我摸摸她的头，从此，路过报摊买一份报纸，成为惯例。

那时的大妈头发花白，现在，她白发苍苍。只是那报摊从没改变过位置，还是这个车站，还是这株悬铃木下。只是，我的身边已经没有你。

车流缓缓向前，雨一直在下。我听到有人在对我说话，有人在对我哭泣，我晃了晃脑袋，一切都是恍惚的景象。

你把烟藏在了鞋子里。亏你想得出来。我急得发恼，你赌气说："我再也不要管你了！"

我把你紧紧抱在怀里，说，你不要不管我呀，你知道的，我不知道菜场里的青菜多少钱一斤？记不得锅里的米要放多少才够吃？

只是你知道，我总会趁你不注意，偷偷到阳台吞云吐雾。你气得要把我赶出去，说再也不要见到我。然后赖在我的背上，说要罚我背你到天暗。

还记得那条穿过小巷的铁轨吗？我们站在轨道中央，火车驶来之前我们拥抱，夕阳的光晕像极天国的大门。在火车将要碾碎我们躯体的瞬间，尖叫着跳向两侧，又在火车隔绝我们的刹那彼此向对方挥手。

你为什么要哭呢？我努力不让我的容颜老去，我知道，皱纹爬满脸的时候，你会找不到我。

你闭着眼睛摸索着我的脸，“这是你的眉毛，这是你的眼睛，这是你的嘴唇”，你说，你会记住我的模样，会在我做饭的时候，悄悄看着我，你会提醒我，“两个人吃的饭，半碗米就够了”，你会说，“炒青菜的时候不能把锅盖盖上”。

你不知道，我早已经学会照顾自己，我能做出美味的饭菜来，我的妻子总是对别人炫耀，那些在没有你守护的孤独时光里学会的东西。

只是，我还是会神情恍惚，做错事的时候，我的窘样有没有让你无奈地苦笑，一如当年？

还记得那个都不回家的春节吗？我第一次去了菜场，买回20斤的白菜，你气得要把我撵出屋子去，我怎么就不记得买些肉呢？

你清楚，我是见了美女拔不动腿的。

你总是在街上指着别的女孩说：“老公你看，美女耶！”

然后你又告诉我，女人瘦不一定好看，锁骨突出的叫作性感，脖子上的两根筋还要呈V字形凸出来，你指着自己的脖子说："你看，就像我这样，这叫妩媚。"

但你终究是做了叛徒，你答应嫁给我，做我老婆的呢？

我悄悄去看过你，只是你搬了家。你没有通知我，就像你走的时候不告诉我一样。

我当然知道，金灿灿的迎春花、柳叶的飞絮、冬季的第一场雪，窗外响起今年第一声的惊雷，都是你凝视我的眼睛。

深夜，高跟鞋踩踏楼道的声音时常响起，你在门外学一声猫叫，我欢天喜冲过去开门。

不是你，是我的幻听。15年，不绝于耳畔。

皱纹已经爬上我的额头，头上的白发再也拔不干净，我就要老去了呀，你怎么还不回来？

在这样的雨季，我期望有个人来看我，撑着花布伞，小碎花让人温暖。我们拥抱、接吻、缠绵，那会是你吗？

我想放肆地流泪，裹紧了被单缩在床角，想着那些痛，涤清浑噩的魂灵。不要打搅我的痴梦，关好门，回去睡你的觉。

我的身体绵软，高烧得已经虚脱，压路机的声音轰鸣，我无法入睡。

一只猫在我的窗前窥探，夜雨滴滴答答，思绪混乱，不同的情节交替在不同的时空，这是我开始忘却一些疼痛的征兆。

坐在马桶上抽烟，角落里一堆脏乱的衣服，有香水的味道。

L，天国的你好吗？

四十九、败家娘们

熄灯睡觉前，媳妇儿两眼放光地对我说：“老公，我想做件败家的事！”

我的脑子飞快运转，钱包里没几张毛爷爷，我也从来不藏私房钱，钱都在银行卡上……

银行卡！银行卡！银行卡的密码在我脑子里。

还好还好，光脚的不怕穿鞋的，没钱就是没钱，你想怎么败就怎么败吧！

“最近我手头蛮紧的，”我使劲咽了下口水，又故作轻松地问，“亲爱的，你以前败家从来不跟我商量，今天这是怎么啦？”

媳妇儿的眼珠子滴溜溜转了转，最后把视线停留在了墙角，我的公文包上。

嗨，你不会打这笔钱的主意吧？这里面是单位采购设备的公款！败家娘们，你要逼我挪用公款吗？

我的心肝都在颤抖！

“今天店里来了一对老人家，”我内心的惊恐媳妇儿未曾察觉，她的眼神却是笑吟吟的，“七十几岁吧，干干净净的，特别的慈祥。”

我一听，她的话题似乎跟我包里的公款、银行卡里的私房钱都没关系，暗自松了口气，继续听她说下去。

这对老夫妇是到媳妇儿的店里来定制羊绒衫的，根据对他们经济能力的判断，媳妇儿向他们推荐了 300 多元和 400 多元一斤的中档羊绒线。

最后确定的时候，老两口都选了 300 多元一斤的绒线。

等到老两口离开，趁着店里没有客人的空当，媳妇儿开始加急制版，“现在天冷了，老人家受不住冻，今天开个夜工先把他们的衣服做出来。”

大概 10 分钟后，老太太却又回来了，她跟我媳妇儿说：“丫头啊，我老头子的衣服你给他用贵一点的线，我把钱先给你，你千万不要跟他说。”

媳妇儿当时那个感动啊，只有连连点头答应的份。

老太太走了不久，老爷子又过来了，他也跟我媳妇儿说：“小姑娘，给我老太婆的衣服用那种 400 多块钱的，我把钱给你，她来拿衣服你不要跟她说。”

媳妇儿说完这件事，依旧沉浸在感动里不能自拔。

我倒是感动归感动，但还是疑惑，媳妇儿所说的败家事，跟这个故事有什么搭界？

过了会，媳妇儿把我的手抓过去，十指相扣放在自己脸上，又开始用那种讨债的眼神看着我，“我决定败一回家！”

我没敢直视这败家的眼神，用牙啃着手指甲，故作漫不经心地问，“嗯，你打算……”

“我决定给他们用 600 多的高档绒线，就算我送给他们的礼物！”其实，我这败家的媳妇儿拿定了主意，十头牛都拉不回，之所以跟我“商量”，实际也就是“例行公事”罢了。

我就调侃她："哟，老板娘，那您不是亏大发了？"她死死地盯着我看，看得我一身鸡皮疙瘩，看得我越发的心虚。

"你不觉得，真心相爱的人应该得到祝福吗？"说完，她把我的手往边上一扔，自己盯着天花板叹了一口气，"老娘决定了，今后再遇到这样的人，超过 70 岁的都这样办！"

自己把自己感动了好久，她突然又侧过身来，两只手在我脸上使劲一阵搓揉，嘴里嚷嚷着，"感动死我了！"

"答应！哥举四肢赞成！"我一阵哀号，苦求道，"妞，别搓了！哥还要靠这张俊俏的脸吃饭呢！"

媳妇儿终于停止了对我的摧残，把我的脸一把扳正，看了又看，突然媚声道，"爷，马上双十一了，赏妞一点钱呗！"

五十、父亲是个修鞋匠

半大的孩子蹲在一旁，拿眼斜视他母亲给客人擦鞋。那女人与边上的同行叨念着儿子的诸般好，神情骄傲。孩子的脸却涨得通红，似被戳了丑，嫌恶地瞪了他母亲一眼。女人似无感觉，继续着她的张扬。我是憎恶这样的场景的，不体面的活计非要拉了孩子作陪，诚心是作贱。

我本不该来光顾这生意的，现在，我坐在椅子上，脊背像挂满了芒刺，感受着孩子遭受的精神磨难。这让我想起少年的辰光。

父亲是个修鞋匠，身上熏染了各种鞋子的味道。准确地说，是每双鞋子的主人留下的脚气味，这让我无法忍受。父亲的摊子设在我上学、放学必经的马路，我是害怕经过的。我的自尊让我总是编造一个伟岸的父亲，听我讲“父亲”，同学总是满眼的羡慕，这让我的虚荣越发膨胀，自卑却也与日俱增。

但我总归要经过父亲的摊子，那一段路，我会竭力寻找话题和同学争论，借此来躲避父亲的目光。实在无话可说，就蒙着头用劲蹬脚踏车，从父亲面前快速越过，逃了百米方才松口气。

照例，父亲是不回家吃午饭的，每次由我提了饭盒带去。这是项令人惶恐的差事，我必得确定周围没有相熟的人，才尴尬着脸靠近父亲的摊子，慌张放下饭盒，喊了声“阿爸”，然后逃荒般离去。

起始，父亲是不曾觉察什么的，自顾要和我说说话，且又当他主顾的面，煞是骄傲地表明，“伊是我儿子，交关懂事。”

时间一长，父亲也看出些许端倪来。一日晚饭时对我宣布，往后不要送午饭了，自己早上吃得多，中午着实不饿。

母亲却认为是父亲在搞什么洋相，坚决不同意。我倒觉母亲多事，忍不住借机发作一番。母亲由此认为我脾气乖戾，少不了挨一顿骂。

父亲最终还是抵制了我送午饭的惯例。那些年，我也说服自己相信父亲“着实不饿”的话。直到离开家，有两年多时间，父亲是不曾有过午饭的。

擦鞋的女人停下了手里的活计，放下布条起身跑了出去，回来时，手里多了一截糖藕。一面递给边上的儿子，又对我解释，“小娃娃就喜欢吃这个”。

再看孩子，虽张了嘴咀嚼，脸上却是千百个不乐意。这让我想起，父亲从衣兜里掏出几粒别人给的糖果，手撑着膝盖站起来，要塞给我，我却似躲毒药一般逃离的场景。

我的心瞬间被揪疼。突然有顿悟的感觉，我仿佛明白，即便孩子抛弃了父母，他仍然是父母心头的至宝。

我能感觉我是父亲的骄傲。仅有几次回老家，父亲和别人说到我总是一脸阳光，满脸皱纹也如同被熨了一遍，泛出光泽来。

父亲没享用过我的钱，我也从未给父亲有过什么孝敬。我总是固执地认为，我今天的一切来源于自己的打拼，我对父母说，我不指望家里，家里也不要指望我。

我的确是不孝，父亲原本是无须做个不体面的修鞋匠的。在城镇户口成流行的年代，一些特殊的原因导致我无法改变农民的身份。

后来，政策宽松了一点，但要实现我从农村人到城里人的华美转身，父亲必须放弃国有企业职工的身份。父亲是没有过犹豫的，也没发过什么牢骚，木讷的如同现在和我在一道时的表情。

我是可以常年不回家的，3 年或是 5 年，春节无处可去时才会想家。父亲倒曾多次来南京看我，来的时候总是大包小包扛着来，除了几身换洗衣物，大都是我自小爱吃的笋干、蟹糊一类。我一直纳闷，那么多东西他是如何带得动的，换成我怕是要诅咒上好几天的。

看着我吃，父亲是开心的，自己却又极少动筷子，说是吃腻了。其实我是不相信的，按照现在的物价，这些在家乡虽是满街都能买得到，却也不是平常人家餐餐吃得起的。

和我在一起，父亲是寡言的，偶尔我问上一两句，或是显出些许孝敬的意思，他倒显得惶恐，做错了什么似的，又老是堆了一脸皱纹憨笑，有着讨好的意味。

场景拉回现实。那孩子赌气似的把最后一块糖藕咽进肚子，她的母亲接过我递与的零钞，顺手用袖子抹着额头的油汗，扭头看着他儿子说："等下我们吃面条去。"

没来由发觉，这女人竟不再让我嫌恶，身上那件沾满鞋油的褂子，似也溢着芳香，我想起了父亲，他的形象刹那间在我头脑里清晰起来。

五十一、死里逃生

当看到那根钢筋直直戳在后胎上，我还没多少害怕的感觉，只是回到车上给朋友打电话，让他喊相熟的汽修厂来救援。

直到汽修厂，维修工拆了轮胎，才看见这根二十几厘米长的钢筋，把轮胎戳了一个窟窿。

“轮胎废了，”维修工说，“你命真大。”

听维修工这么一说，这才真正后怕起来。后来，朋友们说，大难不死必有艳福。

所以到了晚上，都拿家酿的白酒灌我。饭后又去了歌厅，干号了一首歌就瘫在沙发上吐个不休。

不知道哪个小子一时没找到水，直接开了瓶啤酒给我漱口，当时真心醉了。

2015 年 1 月 12 日傍晚，苏州绕城高速西山出口段，我死里逃生。

人到中年，活得已经不再那么矫情。

给几年没有谋面的姑姑打了个电话，想要接她来江苏的家里住一段时日。她大着嗓门说：“没空，有空了打你电话。”

知道她在给弟弟带孩子。前几年帮着带孙女，这两年带孙子，人丁兴旺，估计也已经有了不少白发。

姑姑比我大十来岁，小时候差不多也是玩伴。后来，她坐着姑丈开来的大卡车，哭哭啼啼地离开了我生活过的那个山村。

我记得那时差不多是小学四年级，我妈帮我跟老师撒了个谎，说是消化不良需要在家休息。后来，我就一直有了一个消化不良的毛病。

姑姑出嫁的场景我记得很牢，因为为了她出嫁的缘故，奶奶养了一头羊，是一头公山羊。

估计养了半年多，因为一直到现在我还记得，那段时日，每到星期六下午放学，我就会从城里自己的家，徒步个把小时走到奶奶的家，然后牵着羊去山谷吃草。

那几乎成了我当时唯一的乐趣。

我不知道别人家的羊倔不倔，反正这头羊是牵着不走打着倒退，惹急了还拿角来顶我。没养过驴，不知道这头羊跟驴是不是亲戚。

姑姑出嫁那天，那羊就成了桌上的硬菜，我吃了好几块。

山里人实在，好东西都省给孩子吃，我又是城里来的客，自然特别得到照顾。

那是我生平第一次吃羊肉。味道是早忘了，只记得那一桌的大人，都象征性地拿筷子在羊肉里扒拉几下，沾点油水往嘴里抹抹。

姑姑已是两个孩子的奶奶，我的父母也已古稀之年，而我这中年的男人，似乎感觉自己还没长大，他们也未曾老去。

只是，我现在开始了对很久以前的回忆。

二十多年没见面的老同学沈刚打电话给我说，自己开始显出老相来了，因为“老是想早前的事”。

于是我想起了二十几年前，他用一条太子裤换我一条新买的西裤穿，那时最流行的太子裤腰围实在大，扎紧了腰带，裤子还是一个劲往下坠。

后来我在想，或许是我还有那么多美好的记忆，也在慢慢老去，慢慢地也会在某一天、愣愣出神的那天，自己想完了他的记忆，就制造一点磨难让我在某个节点想起一点过往，想起一些人，然后跟他一起对视着傻笑，“你看，好笑吧。”

有几次，儿子诧异我不是周末而待在家里，问我为什么回家了。

我逗他：“爹下岗了，你赚钱养活我吧。”

儿子淡定地说：“不要紧，有妈妈呢。”

一家人又逗他，“妈妈可赚不到钱，我们家没钱买菜了。”

儿子思索了半分钟，然后盯着我说：“爸爸你别闹了，别没事就请假，赶紧上班赚钱去！”

“好的，儿子，爹这就给你赚钱去。”

五十二、青春往事

傍晚，采访归途。车子疾驶在宽阔的道路上，一抹斜阳依随。车内，CD机播放着老歌，熟悉而又陌生的旋律，把脸贴在车窗上，幸福得想要哭。

无所事事的时候我总是回想过去，那些烙刻在青春年少的灵魂上，关于悲伤和忧愁的往事。我徘徊在理想和现实之间，仿佛一个听见了母亲呼唤而不敢回家的孩子，迷失在刀剑密布的丛林，幻灭中渴望重生。

我庆幸选择的行走方式，但我不知道究竟能走多远。

在那个机器轰鸣的纯水制造车间，我曾坐在水泥汀大门上，望着远方，从那时候起，我的灵魂就不再属于那个窄小的世界。

很多圈内的妖精多出自草根，所以我从不避讳我曾经工人的经历，因为在那个年代，国有企业工人的身份仍可高高在上鄙夷个体户满身的铜臭。

我不排斥金钱，我知道钱的诸多好处，我甚至有着强烈的拜金主义。但对于一个长年被家庭所束缚刚出校门的孩子来说，注定要在工人阶级耀眼的光环下被斩断渴望飞翔的翅膀。那一年，我 20 岁。

在我思考人生远大理想的时候，我已经是浙江精纶厂水汽车间软化水站的一个班长。

班长不是什么官，理性的说还是一个两头受气的夹气包，但我还是削尖了脑袋孜孜不倦地追求着这个职位，这来源于我对权力的渴望。

那个时候，我见过最大的官员就是我们这个厂的党委书记，这么大的官位我不敢奢求，但我知道如果能够混到车间工段长的位置，我就可以不用再晨昏颠倒过着“三班倒”的日子。

当我终于明白，我终究没有当官的机缘，我断翅的肩膀开始渴望飞翔。

我不知道我是否有过初恋，没有一场刻骨铭心的恋爱留存在我的心头，认识到同居再到分手，从没有超过两年，平淡如水，我甚至记不起那些曾在床头缠绵过的容颜。

只是，促使我做出飞翔的危险决定，则来自一场单相思的破灭。

孟庭苇似的清纯玉女形象是那个年月懵懂少年心中的公主，我喜欢上了化验班的一个女孩。

当然，我现在已经遗忘了她的长相，但却能记住与她每一次擦身的瞬间，我手足无措浑身冒汗的狼狈。

当我被一场场春梦折腾得疲惫不堪的时候，我终于鼓足了勇气，小心翼翼将一张写满情话的小纸条压在化验杯下递交给她。她展开纸条，注视着我微微颤抖的身体，平静地说：“我不喜欢你这样类型的。”

我看见她搂着一个白净男孩的腰，跨坐在马达轰鸣的“公路赛”上，她的眼神弥漫着幸福和高傲，漫起的风尘迷住了我的眼睛。

我脆弱的自尊让我感觉，已经没有再坐在水泥汀门上感想淡淡忧愁的资格，在一次醉酒之后，我的兄弟对我说："你要想走马上就走，不然你就是个奔种。"

那一夜，我收拾起铺盖，搭着北上的列车，在万家灯火阑珊中，离开了那座生活了20年的城市，从此天涯。

多年来，我像一个"城市黑客"行走在风尘之间。儿时的梦想早已实现，只是，我现在的梦想呢？

我像一个退暮的老者，感怀着步履下流逝的那些关于悲伤和忧愁的青春往事。

我贴着车窗，车内悬绕着孟庭苇的《冬季到台北来看雨》，我对正在驾车的同事说："这是我初恋时听过的歌。"只是，没有人知道，我根本没有过初恋。

我沉陷在青春的忧伤和感怀的泥沼无法自拔，却闻得包中的手机在鸣叫。懒懒地接电话，这样的时光是适宜独处缄默的。

"老公，儿子要跟你说话呢"，妻子的声音，随后传来儿子的欢笑声。我愣了会神，瞥头看见一朵棉花云掠过夕阳，艳若霓裳。这一刻，我竟幸福得泪水涟涟。

五十三、君子之交

下午去商场购物，冷不防被人从身后一把搂住，力气之大、下手之狠，让我顿时有遭打劫的感觉。

转身看见一张熟面孔，某局的一位局长大人。此人身材高大虽为堂堂七尺男儿却长着一张妇人脸，如果光看脸，想必旁人会曲解是我傍上了富婆。

“想死我了，兄弟。”局座大人咧着嗓门吆喝，“改天请你吃饭。”

这位局座上回因我而“想死”，并一再表态“改天请吃饭”，已时隔半年。知道是客气话，我也就呵呵笑着，也一再表态，“今天实在忙，改天，改天。”

闲扯不过一分钟，相互假假的作揖道别：

“多联系。”

“有空再聊。”

“再见。”

“再见。”

生平最不屑与打哈哈的人相处，如同买春客与小姐，一次性消费完事走人，偶尔相遇也只是把当初的苟且拿出来意淫一番，是不可能重燃烈火，或是装出一副有情有义的姿态来，大都是唯恐避之不及。

这位局座只是在工作中有过一次接触，因为从我采写的一篇报道中尝到了甜头，故此将我牢记，但又舍不得“改天请吃饭”，只得期望用永不可兑现的空头支票将我“感化”，而我却又不给他意淫的机会。

我历来看重“君子之交淡如水”。与江苏省社科联的单沙先生称得上“君子之交”。认识也有近十年，却只有两面之缘，最后一次见面也已过去八九年的光景，但我们依然保持着联系。

我的稿件往往需要学者的观点，每次求教于单沙先生，他总是不厌其烦。如果遇到并非自己研究的方向，也总是把一些学者介绍给我。我们之间很少有问候的话语，大都是通过电子邮件告知对方自己的近况，遇到心情低潮的时候，也就简简单单一两句话，却能把彼此冰冷的心窝子给熏染得暖洋洋。

我从不给单先生说“改天请你吃饭”之类的废话，单先生也从未发出“改天聚聚”的邀请，更多的时候，是他把自己看过又觉得很有思想的文章发给我。作为长者和一位在某个领域很有建树的学者，单先生对我从未有过什么“殷切的期望”和“谆谆教诲”，只是淡淡一句“这篇文章不错”。而我，看则看了，受用也罢，不认同也罢，从不给他什么“读后感”。与这位君子朋友相交，甚是愉悦。

“君子之交淡如水”的友谊，如同两只眼睛的友谊。睁着的时候，他们一起眨动，难过的时候它们一起流泪，有美丽风景的时候它们一起欣赏，累了的时候他们一起关门睡觉。尽管，它们从来没有看见过对方。

我是个疏于结交的人，但我永远记住这样一句话：当大部分人都在关注你飞得高不高的时候，只有少部分人在关心你飞得累不累，他们就是你的朋友。

五十四、孤独成狼

吃下一碗鸭血粉丝汤，身体暖暖的，但困意也席卷而来，我对老林说："散了吧！"

老林骑着他的小电驴晃晃悠悠地走了，我开着车在马路上游荡。

每天值夜班结束，我都是这样，困得要死脑子却还很兴奋，我需要深夜的凉风来中和一下。

马路上很多的大排档，人声鼎沸。我的微信朋友圈里，也有很多人在晒宵夜，三五成群，热闹的要跃出手机屏幕来。

我刚才问老林："天天被我留下值夜班看稿子，恨不恨我？"

老林是我的新闻中心主任，老林不老，32 岁，文笔老练、做事老练，所以被我唤作老林。

"说实话，哥，我要谢谢你留我！"老林不善酒量，被我强迫着灌了半瓶二锅头，讲话有点绕舌头，握着拳头打着空气，说："如果不干活，我还真没地方可去。"

我说怎么会呢，这么年轻，晚上跟朋友们聚聚会吃吃宵夜唱唱歌什么的总归有吧？

"我这人吧，似乎天生不合群，老让人误解"，老林情绪上来后，面带飞霞，这让我总是想笑。

老林很伤感，说自己当记者时玩命一样采写稿子，其他记者就用羡慕嫉妒恨的表情喊他“林主任”，“我真没想过当什么主任，但别人不这么想，认为你这么玩命就是为了当官，所以没人和我亲近”。

我点点头，颇有同病相怜的感觉。我在老林这个年龄也曾这么玩命过，这个时代，你不能不优秀，竞争很无情，被狼吃掉的永远是懒羊羊。

“后来真做了部门主任，一开始我压根镇不住那帮猴子，你天天骂我将熊熊一窝”，老林很委屈，我落井下石地哈哈大笑，被他鄙视了好几次。

我拍了拍老林的肩膀，表示了一番安慰，媒体竞争太激烈，你后退一步，别人就前进一步，你如果想追上这一步之遥，比登天还难，“老子找谁诉苦去？”

“后来你硬是逼着我开了几个刺头，老实是都老实了，但同事间的感情就没法再谈了，”老林凄惨一笑，“哥，我除了跟你混一起，我还能找谁玩乐去？”

我逼着老林把酒干了，站起来捶了捶他的胸，又凝视了一番夜空，“孤独成狼，群聚成羊，做一匹狼挺好，至少有肉吃。散了吧！”

在深夜的街头，我开始怀念起那个在华联商厦顶层的报社，那一段每个深夜都灯火通明脚步匆乱的岁月。

我是一个不怎么合群的人，现在想来，那个时候的我是被排斥在部门“核心成员”之外的，如果不是因为拼命三郎的玩命劲，估计那十几年的青春岁月就会被裁剪成短短的几个月。

在任何的一个体制内，估计没人会喜欢一个不会拍马屁、不会给领导送礼，不知道阿谀奉承又有点小清高的异类。

但颇具讽刺味道的是，对于一个记者来说，玩命干活的结果，有可能是你最后一个离开自己所属的部门，因为你的稿件如果很重要，需要等待编辑和值班总编一一审核，直到签发。

有时候，却并不是打发时间那么简单，如果编辑或值班总编兴趣来了，重写一遍甚至大半夜的补充采访都有可能。

也正是因为如此，我有了跟值班总编一起宵夜的机会。

我是真的好运气，每每有得意的报道稿件，当天值班总编几乎都是陈宜强先生。

此公对待稿件异常严苛，任何的瑕漏或是耍小聪明都难逃其犀利的魔眼，一旦被他盯上，新闻界最磨人的手段便会垂青于你，直到你完善再完善，然后等来他一句“还行”。

但你又恨不起来，磨完人，陈总必定请你吃宵夜，而这又被编辑记者一致视为嘉赏之最大荣光。因为此公不计较名利，没有虚情假意，欣赏你就是欣赏你，仅仅因为稿件的确出彩。

记不清是哪年了，有个深夜，签发完所有稿件之后，他请我在报社楼下吃鸭血粉丝，曾有过今夜我问老林的话题。

吊诡的是，我的回答竟几乎与老林一致。

此公抬眼望了望夜空，站起来拍了拍我的肩膀，说：“孤独成狼，群聚成羊，做一匹狼挺好，至少有肉吃。散了吧！”

一年前，斯人驾鹤仙游。我望着夜空，握着方向盘的手不受控制地发抖。轮胎剧烈摩擦地面，在深夜的街头发出一阵尖叫。

这夜早已泣不成声……

五十五、闻道藏海寺

人活在世上总会有许多的烦恼。

有没有过这样的经历，遇到烦心事的时候，你越想着它，心里就会越发烦恼，看什么都烦，跟人讲一句话都觉得累。

因为人世间的烦恼太多，很多人得不到排解，又道听途说一些“玄妙之事”，于是社会上开始流行一种“时髦病”，名曰“修佛”。

甚至有人动不动就四处跟人讲“我受不了了，我要出家去”。

更有不少人把去寺庙烧多少香、捐多少钱、磕多少个头，作为衡量自己（甚至于比对别人）对佛是否虔诚的指标。

这般的“出家”，这般的“修佛”，无外乎还是心头的妄念与执念在绑架。

得不到或者是希望得到，又或者是受到了“伤害”而生发所谓的“看破红尘”，这时候想起来去修佛、去参佛、去拜佛，说到底就是把自身的烦恼转嫁给佛祖。

佛陀一直教导众生“放下”，六根清净。这般的浮躁和功利，修的是哪门子佛？

俗尘中我们总说“一枝一叶总关情”，修佛之人，应当明白，一枝一叶都是禅，世间万物、人间万事，皆可参佛。

10 月 3 日下午，应朋友的邀请，一起登上常熟虞山之巅，信步藏海寺内。

在后院喝茶时，一位面容清瘦的僧人在一旁为我们烹茶。

俗尘之人自然免不了谈俗尘之事，嬉笑怒骂之间，僧人淡然守着炉上的茶水，间或不断为我们的杯中续水。

若你不知这位僧人的来历，我敢断定，此刻你已经把寺院当作茶室，视那僧人为跑堂的服务生。

烹茶的僧人法名在澄，是藏海寺的住持，信众遍及天下，此刻却把自己低到了尘埃里。

堂堂住持没有高朋满座、前呼后拥，或是偶尔开一开金口吐出两三句让你似懂非懂的偈语，让众人在不明觉厉的仰慕中山呼“大师”。

这便是修佛之人，在处清凉，澄怀虚静。

这杯中的茶，是在澄法师亲自采撷炒制的，你感念法师的辛劳也罢，赞叹这茶不可方物也罢，法师始终是淡然的，脸上未曾浮现一丝得意。

你说你的红尘事，我自守着炉子清静无语。若你有心问道，说到心中的挂碍事无处排解，法师又会转过身来，与你聊家常一般，将自己的参悟道与你听。

你若不想听，自顾与旁人说笑，法师自然也不会有失落之色。

就像这茶，法师在采摘和炒制时，并未去预想这茶要给多少人喝，要给什么样的人喝。

这茶不会因为你捐了万贯家财就能喝上一杯，也不会因你来了寺庙不烧一炷香而喝不到，茶就在这里，就这些茶，有缘你自然会来，有缘你自然就会喝到。

因为无挂碍，茶桌上的人换了一拨又一拨，无论达官显贵还是平头百姓，你来，我为你烹茶，你走，各自方便。

所以，茶就是茶，给人喝的。僧始终是那个僧，我只守着这一炉茶水。

再比如说，这采茶、炒茶是一件极辛苦的事。就像我们平时工作，如果你觉得它很辛苦，心生怨念，这便是苦了。

若你当这一切皆为缘，认定有缘之人在做有缘之事，便会心生欢喜，这便是乐了。

我无法完全记录下在澄法师的“语录”，但在聊天中，这样的感悟不间断地闪现出来。

就像茶桌旁的两株桂花树，友人说，前段时间来的时候，正巧遇到桂花盛放，落花铺满了庭院，足有五厘米厚。

而此刻，地面干净得见不到一粒花瓣。

你若心存执念，心想我居然没见到这样的盛景，真是太遗憾了。这何尝不是人生的苦呢？

你若想，这既是轮回，待到来年，自然又是满园馥郁。这便是人生的乐事了。

何故？放下！

既然世间万物都处在轮回的轨道，不管你是负重还是轻装前行，也不管你心里是否有挂碍，四季的景色仍然在此，你看或不看，来或不来，它都在那里，不悲不喜。

所以，放不下的都是因为执念。

如同这座寺庙，历经劫波今犹在，万物万象不会因你的心是悲是喜而改变，你所处的大千世界，实则是你的心相而已，你的心若喜，这世界则喜，你若悲，这世界则悲。

五十六、问道三峰寺

星云法师曾说："没有人是无缘无故出现在你的生命里的，每一个人的出现都有原因，都值得感激。"

对于恩师西风先生，他虽不曾提拔、点拨过我，但于他在旁人眼里不同，他是我那个激情燃烧岁月里的丰碑。

先生西去已一年有余，每日我无时不会想起他。困惑无处排解时，想他想得头疼不能入眠。

两度前往位于常熟虞山的三峰清凉禅寺，皆为缘起。

10 月 4 日二度上山进禅寺，当监院宽觉法师向我走来的时候，我兀自心惊，若再清瘦一些，若是满头乌发，若是西装革履，神情与先生何等相似！

待法师坐定，一席畅谈，我的心里早已念了千遍万遍阿弥陀佛，人生何等奇妙，这口音、这语气、这举手投足，活脱脱恩师端坐面前为我解惑。

三峰清凉禅寺与杭州灵隐寺、宁波天童寺同为近代禅宗祖庭，作为禅寺监院，法师与我说法从不引用那些让人生发猜谜语之感的"公案"，他说万般随缘。

譬如从禅寺大雄宝殿后行至藏经楼，一共 147 级台阶，在建造时并未刻意计划过，而是当藏经楼落成后有人疑问：为何偏偏是147级？

法师说，这便是缘了。

开始的时候包括他自己都感到疑惑，后来仔细想想，这147级台阶竟然暗合了教义：善财童子的五十三参，佛家的六度为本，佛教中的八十八佛，加起来正好是147。

再譬如大雄宝殿共有红木柱子66根，最高柱子为15米，是江南地区最大的红木结构大殿。

法师说，即便当时修建大雄宝殿时资金允许，也无法购买到这么多的巨大红木，谁也不曾设想过用红木来做大殿的柱子，但偏偏常熟市当年就留存着66根巨型红木，一根不多一根不少。

难道这不是缘吗？

更为奇妙的是，当年山门前的两棵200年树龄的梓树，其中一株早年已经枯死，在2002年开始重建时，先从枯木的树皮处发出一枝芽，后又从地底顺着枯死的主干再发一芽，至今这两棵芽已茁壮成参天大树。

有人说玄妙，有人叹佛祖显灵，法师说，一切随缘。

正如2006年11月28日禅寺举行佛像开光暨落成庆典时，当年的见证人告与我说，当天天空阴沉沉的像是要下雨，所有的人都暗自捏了一把汗，但奇妙的是，就在开光仪式开始的那一刻天空拨云见日，一道道金光笼罩在禅寺上空。

有缘即住无缘去，一任清风送白云。正因为佛家的随缘自适，才会在开悟的时刻散尽三千烦恼丝。

所以说，修佛、学佛之人不可执念，不要以为对着佛像磕头、烧香就是拜佛，世间一叶一物均是禅，都是佛性的显现；一枝一叶都是佛，都有可修、可参、可拜之处。

《心经》开篇说：“观自在菩萨，行深般若波罗蜜多时，照见五蕴皆空，度一切苦厄。”佛家一再教导世人放下执念、妄念，即为这个道理。

听宽觉法师从禅寺的典故讲到修佛的道理，再想想这蕴含了机缘的事物，心下自然清凉起来。

在这个世界上，凡事不可能一帆风顺、事事如意，总会有烦恼和忧愁。人生有所求，求而得之，我之所喜；求而不得，我亦无忧。若如此，人生哪里还会有什么烦恼可言？

苦乐随缘，得失随缘，以“入世”的态度去耕耘，以“出世”的态度去收获，这就是随缘人生的最高境界。

而这，正是佛陀教导给我们的道理。

五十七、萌和尚

4日中午，从三峰清凉禅寺出来，沿着一条隐在阔叶丛林的步道下山。

半山是一片农家乐，绕行不远忽闻一阵潺潺的流水声。近前一看，原来是一道峡谷。

峡谷内溪流轻缓淌过，枯黄的落叶在水面旋转、追逐，仿同一群嬉闹的孩童，搅了漫山的清静。

峡谷的一侧是山林，间或有吊脚楼立在溪畔。

深秋的天微微有些寒意，枫叶却还未转红，吊脚楼下的睡莲依旧绽放，一位俏皮的女子将身子探出竹楼，水中倒映着她的影子，那一池芳菲晕染了她的脸颊。

我身在峡谷的另一方，边上是茶园，竹扎的篱笆上挂满了藤蔓，一两朵黄艳艳的花在风中招摇。

脚下有回廊，有小鱼儿在水中觅食，偶尔一道回旋一个雀跃，阳光打在鱼鳞上，点点金光闪耀眼帘。

溪水漫过垫脚石，蜿蜒奔向远方的丛林。雨后的阳光慵懒腼腆，渐显出秋色的枝叶，摇曳在水面，仿佛一位即将出嫁的少女，望着镜中满怀春事的自己，羞涩地施着粉黛。

这山水如此之妙，当可下酒。林间自无酒肆，否则即便清贫如我也要放浪形骸，一声大喝：“主人何为言少钱，径须沽取对君酌，五花马、千金裘，呼儿将出换美酒……”

夫人在旁娇嗔：“你真真是痴了！”

又听一旁友人道：“我怎么感觉这地方这般熟悉呢？”

众人搜肠刮肚，最后齐齐拍掌大笑，“这不就是九寨沟嘛！”

正兀自欢喜，却听有人轻呼，“快看，那边有个和尚，样子好萌哦！”

抬眼望去，见一位青年僧人端坐岩石之上，手捧一书看得津津有味。

纵是边上莺莺燕燕娇俏女子经过，纵是俗人凡心看作稀奇，纵是相机镜头机关枪一般扫摄，僧人仍自岿然不动。

有人问，这和尚被这么多人打扰，心神能定吗？他究竟还能否安心看书，或者现在心里已起波澜？

俗人忍不住拿自己去观照这僧人，架不住问，“不会假装的吧？”

我劝众人不可妄言。

何为出家人？出离烦恼之人！你这般看他，实则是你自己的内心起了波澜，你将自己的情绪强安到他的身上，烦恼的是你，他却未必烦恼。

于是有人反驳，既然是和尚，不在庙里念经看书，为什么偏偏到这游人不绝的景区来，这么喧闹的环境是看书的地方吗？

我说，这是位菩萨！

众人大笑，笑我痴言妄语：“刚从庙里出来，魔障了！”

我说这绝非妄言。菩萨乃求道求大觉之人、求道之大心人，凡是出家人或是在家修行之人，都是发普度众生广大愿心之人，所以既要出世又要入世。

众人不解，我又解释，这位年轻僧人在这熙攘人群中淡守安然，就是告诉世人要放下，抛开一切烦恼，不受外界的干扰，做自己该做的事。

我说他就是菩萨，何以故？

如果我们看到这位僧人的行为，心里受到了感悟，觉得自己也要像他这样出离一切烦恼，用心去做自己该做的事情，你便已经被他度化了。

这不是菩萨又是什么？

从大的方面讲，我们人人以自身的修行去做众生的榜样，这个世界就会越来越和谐。

比如在家里，如果我们自己有良好的行为，孝敬父母、勤俭持家，孩子看在眼里默默受到感化，将来就会行孝道、不会大手大脚。

再比如我们在工作的时候，兢兢业业任劳任怨，少计较个人得失，把工作看作一种有缘的快乐事，并将这种快乐传递给同事。

如果人人都爱岗敬业，哪来的时间家长里短、是非口角？

实际上，你这样做已经是在修行了，如果你的修行感化了别人，那你自身就已经是菩萨了。

阿弥陀佛么么哒，有时候，修佛就是这么萌。

五十八、海岛证菩提

普陀，不是你想去就能去的，若是无缘，也只好错过。

清明回乡祭祖，暂歇两日后，于6日晨从奉化的家里启程，前往普陀山。

车过镇海，前方接连5座跨海大桥，均被迷雾包裹，能见度不到一百米，打起精神小心慢行。

毕竟心有所惧，一路念着佛号，幸得护佑，桥上近一小时的行程，安然无虞。

过了桥，车行驶在舟山群岛的陆地上，两侧山峦起伏，满目苍翠，水墨烟雨迷蒙。高楼不多，民居依山而建，忍不住赞叹，真是个避世的好去处。

他年若有修为，此地度余生极好。

中午时分，车行至慈航广场的朱家尖码头，被告知，因为大雾，前往普陀山的渡轮暂停，何时恢复，只能问老天了。

等待了片刻，见实在无望，与妻及同行的朋友商量，或者等暑假带着孩子再来，此行囫囵找个古渔村游玩一番，即打道回府。

调转车头往定海驶去。

约半小时后，早先联系好的客栈主人来电话说，普陀山那边的客轮已经起航了，对岸估计也可以通行。

闻言之下，连忙再次回转，赶到码头，果真恢复了航班。

很顺利上了船，虽有风浪，船在海上倒也不颠簸。约二十分钟后，渡轮靠岸。

硕大古旧的山门，临海而望的观音像，满目可及隐在群山内的黄墙，周遭老太太们不曾停歇的诵佛声，真真切切提示我，这一回是真的在海天佛国了。

客栈主人早就候在码头，将我们接了去安顿后，指点我们从便道上山，进观音洞，观磐陀石，赏海天景色，至普济寺，“半天很匆忙了，回来估计天也快黑了”。

山路崎岖，所幸都有石板步道，虽然这些天连续降雨，遍地湿滑，但一路风景忍不住两三步就要拍一张照片，徐徐而行，倒也没有惊险。

中间有几座寺庙，一一进去焚香礼佛，又在双龟听法石和极乐亭暂歇喘气，终于拼足力气抵达山顶的观音古洞。

说来也是奇妙。

入山门前，心里突然想起一件俗事。入得山门，尚犹自烦恼不得解脱。

“咣”一声巨响！朗朗晴空，一记响雷猛地劈下，顿时惊醒糊涂人。赶紧收敛心神，焚香膜拜。

出来后再想，自己也乐了，原本那烦心事其实不值一个屁，只是当时钻了牛角尖。

俗人自然心思多，且行且思，那么多人都来拜佛，都有所求，佛菩萨如何顾得过来？

一路想到磐陀石前，竟然滂沱大雨毫无征兆地兜头而下。

听到落汤鸡们在诅咒这变化无常的天气，我倒是又乐了。

这不正是普降甘霖吗！

能在这海天佛国沾点雨露回去，真也是缘分，佛菩萨眷顾才让你淋雨，你在山脚下试试？那里依旧风和日丽。

在一片雨雾中穿行，下得山来，前往当天最后一站——普济寺。

正逢僧人们晚课时间，众僧从四方鱼贯进入大雄宝殿，红的袈裟在一片片绿叶芳菲中掠过，钟声、木鱼声、诵佛声此起彼伏，一路跋涉的劳累，从世间带来的烦恼，瞬间化作乌有，心突然有了慈悲。

院落内，扫地的僧人依旧不紧不慢地扫着落叶，观鱼池边，依旧站着那位笃定的老僧，突然明白，参悟或者修行，不一定都要盘坐在大殿内，随心、随性、自在，便是修行。

因为有了慈悲心，佛性洗涤了双眼的浮尘，次日攀爬千米高山拜谒佛顶山，复又下山入法雨寺，进紫竹林参拜观音大士，竟频频与和尚交缘。

妻和友人奇怪，“这些和尚为什么只跟你打招呼？”

我笑而不语。

往紫竹林途中，有一喇嘛坐于行道石凳上闭目诵经，我在对面，惊觉前方海岸奇美，举起相机拍摄之际，喇嘛竟然睁开眼对我微笑。

他的眼神纯净，恍若前世的亲人。

出紫竹林，往西方净苑而去，远远见一长髯中年僧人徐徐而来，我竟莫名笑了起来。

僧人与我对视，越过川流不息的人群，张了嘴哈哈大笑。

隔着百十个身躯，与僧人合十招呼，三次回首，均是欲言又止，别又依依。

妻子这回再也忍不住了："你跟他认识？"

我道："缘分！"

五十九、江湖人生

强子把辞职信放到我的案头，我瞄了一眼，对他挥挥手，“滚吧！”

离别该说的话，已经留在昨晚的酒桌上，强子还是有些伤感。

其实，我又何曾不伤感呢。

他的辞职是我怂恿的，因为我觉得他再跟我混下去，这辈子也就这样了。

我是最怕离愁的人，见他磨磨唧唧的样子，起身踹了他一脚，喝道：“拿着你的剑赶紧滚蛋，江湖正在等着你。”

同行的一位老总笑话我，说人家都绞尽脑汁想着怎么把人才紧紧捆在身边，只有你把人才一个个往外赶。

我说真正能被捆住的，要么真的不是人才，要么就是太重情义。

人生的意义就是让每个人都找到属于自己的归宿，我从不愿意用任何的理由来破坏这种意义，就像蒲公英成熟的时候，就该有一阵风把它们吹散，我就是那阵风。

半年前强子曾想过辞职，那时我并没有在意过他，直到他的辞职信通过部门主任到了我这边，我才决定找他聊聊。

“辞职后你准备去哪里？”我问他。

他倒也直爽，说："应该还是做媒体吧，暂时还没有想好。"

喊他过来前，我向人事部了解过他的经历。

强子以前在一家报社做部门副主任，后来报纸停刊了，就应聘来了这边，当时他报的岗位是"行走副刊"的主任，因为在报社的时候，他一直跑旅游这条线。

我猜测，是他没能在这边如愿，因此才有了辞职的决定。

"建议你再留一段日子，"我对他说，"绝对不是强留你的意思，而是我觉得你现在走，也许会越走越不如意。"

我拿出他写的几篇报道，"你的文笔很干净，思路也很清晰，但没法打动我，假如我是一个游客的话，你的报道我绝对不会看。"

强子表示不明白我的意思，甚至有些忍不住要呛声的表情。

我这人不太会讲话，我也很清楚如果这样直白地跟他聊下去，说不定他会记仇我一辈子。

对于一个自感怀才不遇的人，最好的办法，或许就是证明给他看，你的才并不能用来做材。

"如果你非走不可，我以朋友的身份请你再做一篇报道，"我扔给他一根烟，自己也点上深吸了一口，"不过，你要按照我的思路去做。"

强子觉得我这人有点匪夷所思，但还是答应了。

他说，正巧有家旅行社开辟了一条新线路，今天邀请媒体去做报道。

"你去吧，记得问清楚每天的行程，住什么宾馆？服务怎么样？早餐有什么、中午吃什么，晚饭是什么？还有每一个景点都要有两百字的介绍，需要问清楚每个景点具体停留的时间……

"这不是流水账吗？这哪是新闻报道？"强子忍不住要跳

起来，似乎找到了他在此不受重用的理由，因为这里的人不懂新闻。

我笑了笑，问他："我们行走副刊的定位是什么？"

强子斜了我一眼，不屑的眼神，背书一般回答："为每一位旅行者提供行走指南。"

"那么你告诉我，你作为一个游客，会在乎旅行社的老板对记者亲如兄弟，讲起话来中气十足语重心长，一张嘴就是忧国忧民吗？"我也有些不耐烦，站起来说，"按照我的意思写完这一篇，你想走就走吧。"

因为辞职涉及社保关系的转出，工资的结算等，强子或许是怕我在这上面卡他，领了最后的任务闷闷不乐地出去了。

当晚因为应酬醉得很厉害，第二天没有去上班。

第三天一早，强子已经等在我办公室外面，见了我眉开眼笑，又是递烟，又是帮我把茶杯清洗干净泡上茶，随后恭恭敬敬站在办公桌前看着我。

我很不习惯这样被人当爷供着的滋味，况且又是一个即将要辞职而去的员工，我说："你干吗呢？彩票中奖了？"

"昨晚，旅行社老板请我喝酒，请我当他们的顾问，"他嘿嘿傻笑了一会，又说，"以前那么拍他们马屁，从来就没喊我吃过一顿饭。那时候让他们订一份报纸都跟给了天大的恩情似的，昨天却主动提出要跟我好好合作。"

"那不挺好的嘛。"我打开电脑，审阅着新闻中心晨会的选题，有些心不在焉地看了他一眼。

"我，那个……"强子显然有些窘迫，指着桌上的那份辞职信，结结巴巴道，"我，我能不能，把它拿回去，我，我还想留在这里。”

“想拿就拿呗。”我把辞职信扔给他。

强子抢劫一般把辞职信抓了过去，揉巴揉巴往裤兜里一塞，又暴露出他惯常的马屁本领，“老板你太伟大了，我感觉活了二十几年都白活了，前天被您一指点，旅行社那些龟孙现在都对我服服帖帖的。”

我抓起一本书向他扔去，“滚犊子！”

半年后，强子在许多旅游网站开了专栏，不但网站掏钱让他去旅游，旅行社也黏着他，拿钱哄着他在写游记时“带上一笔”。

然后在某一天，他请我宵夜的时候，我跟他说：“现在你可以从我这里滚蛋了。”

强子很紧张，问我为什么突然赶他走？

我骂他：“老子又不是你爹妈，也不是你老婆情人，你老跟着我做什么？年轻轻的，一个月拿三千块钱工资，你丢不丢人？”

“我可以写游记赚钱啊，”强子拍拍口袋，胆儿贼肥地大声嚷嚷，“我不缺钱！”

一声喊，惊动四座，埋头苦吃、满口唾沫天上地下的食客都往这边看来，我对他们挥挥手，又指着强子对他们说：“富二代，在这嘚瑟呢。”

又压低声音对他交底，“就我一个月放你一星期假，写一两篇游记，就这效率你满足了？”

强子低头不语，他很清楚我这话的意思，专栏写得再精彩，如果更新速度不够快，好不容易打出来的名气，很快就会被排山倒海的后来者淹没。

“每个男人的心中都有一个江湖，”我拍着强子的肩膀说，“都说仗剑行走江湖，半年前你要离开，我是担心你手里没有剑，一旦进入江湖就会被打得血肉模糊，所以先让你当个看客。”

“你就是江湖传说中的剑客，我看着你舞剑，然后我也学会了舞剑，”这小子拍马屁的功夫的确一流，但磨叽的功夫也一流，“所以，我想再多跟你学学，等到剑法精湛了再去闯荡江湖。”

我说：“现在你手里有剑了，不去江湖难道窝在家里砍苍蝇啊！滚吧，赶紧滚蛋！”

写这篇文字的时候，强子正行走在他快意的江湖里。我打电话对他说：“我正写东西骂你呢。”

混球小子来一句，“一个真正的侠客是不在乎别人怎么说的”，又嚷嚷道，“老大，这江湖风高浪急简直太爽了，你也来吧！”

六十、你在害怕什么

一位同行要跳槽，有点惶惶的感觉，问我怎么办好。

他说："不走肯定是不行的，那里的空气都要把我窒息。"

我说："那就走呗。"

他说："我怕以后不稳定，那种日子我没过过，挺害怕的。"

突然地，我笑了。为这个年代还有这么犹豫的男人！想到了自己的第一次"出逃"。

十几平方米的寝室里，六个平日朝夕相处的兄弟。

我说："这里太没劲了，我快要闷死了。"

老大说："那就走呗！"

我说："别逼我啊，我真走！"

"走吧，是个男人今晚就走，老子分半个月工资给你当路费。"老大盯着我。

好吧，哥们收拾了一下铺盖，拿着老大的半个月工资，还有弟兄们每人三百块钱的份子，挤上最后一班镇海开往宁波的公交车。

站在宁波火车站，捏着一张开往南京的火车票，那家正厅级的国有大企业，从此少了一个才华横溢的我，江湖上多了一个玩文化的痞子。

前途未卜的我，在北上的火车上写下了人生中的最后一首诗，“让懦夫在踌躇中老去 / 我怀着梦想 / 前行 /……当我站在终点 / 生也欣然 / 死也欣然……”

我所寄托的诗集没能出版，所以，我所能依靠的生存的来源，就这样死去。

躺在郊区一个农家废弃的厨房，几块破木板搭就的床铺，在雨天湿漉漉的被窝里，啃着冰冷的馒头，我听见一个声音在对我说：“别放弃，活着就有希望。”

一晃二十年……

我站在自己的思绪里，对着从前的生活喊着，“谢谢你，所有的苦难！”

这位同行又发了个哭脸过来，说：“你看你多好啊，那么有才华，凭着那么多的作品，想跳到什么媒体都可以。”

有一阵，我有些发蒙。

我想说，亲，你知道我的那些故事吗？

起初到一座陌生城市的时候，我做过电焊维修、做过“倒爷”、推销过保险还差点跌进“鼠窝”做传销，我卖过大葱推销过女人内衣，唯独那个年代因为诗歌的死亡，我断绝了写字养活自己的念头。

是谁诱惑我进入媒体的？想不起来了，只是一经接触就一条道走到了黑，做过野鸡记者，转悠了十几家媒体，《南京日报》《江苏经济报》《江海侨声》《世纪风采》“新闻报”……哥们愣是没进入正道，因为人体制大爷压根不正眼看哥们一眼。

是的、是的，哥们最终正儿八经当了记者，还不小心干起了管一帮记者的买卖，那只有哥们自己知道，半夜三更一个人跑到现场瞪着一对死人浑身打战；哥们跑到诈骗集团去卧底险些被打个半死；哥们趴在小船上去跟踪走私船，两次掉进长江差点回不来；哥们的床头全是怎么写新闻的书；哥们每天上班干的第一件事，就是把别家报纸的新闻在心里改写一遍；哥们偷着把老大们的稿子当模板来临摹……

哥们口袋空空饿得头脑发昏的时候不找爹妈（哥们拒绝爹娘的说教），哥们自己买房子、娶老婆、养孩子，哥们就相信，老天让哥们活着就是给哥们机会。

好了，电脑那头的哥们，你听懂哥们在说什么了？

哥们现在想起来，哥们玩诗歌那会，写得最牛的就是这首永远没有机会发表在《星星诗刊》上的诗：

让懦夫在踌躇中老去 / 我怀着梦想 / 前行 /……当我站在终点 / 生也欣然 / 死也欣然……

六十一、何处是故乡

姑娘遭遇了出租车司机的一顿羞辱，气得简直活不下去。

事情是这样的，前两天她回了一趟老家，外出逛街时招呼了一辆出租车，一路跟司机吹牛聊天。

临了，司机说："侬上海话讲得蛮不错嘛。"

叶子姑娘简直要跳起来，辩道："姐姐我本来就是上海人。"

"拉倒吧！"岂料出租车司机露出三分鄙夷的神情来，嘟囔道，"阿拉来了上海滩，伐来赛伐来赛也有二十年，侬个江北口音阿拉听伐出来？侬当我慧头哦！"

上海人非常在意自己的"血统"，高傲如叶子这般的上海姑娘，受了这番天大的屈辱，自然是要活不下去，"一个外乡人居然嘲笑我是外乡人……一听他就是北方人……"

姑且不论上海姑娘叶子的高傲，以及姑且被认定北方人的出租车司机，到了上海之后如同更换了血统一般的高傲，叶子的遭遇倒是让我颇有些感慨。

每次走在这座城市的大街上，车水马龙人行如梭，我都未曾在意这并非我的城市，似乎我一直生活在这里，这里的每一座楼、每一条街道都是如此熟悉。

我坐在星巴克喝咖啡，坐在书店的地上看书，大着嗓门和街边的小贩讨价还价，甚至会用经典的市骂对付抢了车位的司机……

反倒是不久前回了一趟老家，竟有了格格不入的感觉。

发小、同学聚会，寒暄过后，他们相互聊着近期发生在这座城市的新闻，聊着哪一条街开了一家特色美食店，聊着哪一家夜店的小姐最漂亮……

一个人起了个头，自然一帮子人都能接了话头继续聊下去。

而我，竟插不上一句话，甚至他们嘴里蹦出来的地名，我都毫无记忆，虽然，这曾经是包括我在内的，大家共同的城市。

此时，异乡反倒成了故乡。

虽然我不喜欢那座城市灰蒙蒙的天空，不喜欢喧嚣过后的夜市满地的狼藉，不喜欢上下班拥堵的地铁站，甚至极度厌恶恶俗的骂街……

但是我无法不承认，在故乡的这些日子里，我又开始疯狂想念那座几百公里外的城市。

至少那里有我的事业，有我熟悉的朋友，至少我和朋友们在一起时，聊起哪条街的美食，我也可以轻松从容地接上一句，“哦，是挺不错的。”

而不是在故乡的日子里，硬逼着自己违心地装出“我也知道”的神态，或是抽筋般地跟着一群人莫名其妙地傻笑。

人生真的是荒诞，从家乡“逃离”选择外出漂泊的时候，我未曾想过会有今天这般的尴尬。

我依旧生活在别人的故乡，依旧会靠着天桥的栏杆望着天空发呆，不经意间也会有淡淡的惆怅。

同样，我的心里，还是会每隔一段时间生发出对故乡的眷恋。

但那种眷恋，仅仅是一种被称之为乡愁的玩意。

我最后终于明白，之所以我还留在这座城市，不仅仅是因为故乡在现实中的远去，更是因为我还可以偶尔对着所有人絮叨絮叨我的乡愁。

六十二、借钱是门技术活

周末不想做饭，去了左岸商业街上的巴蜀传香。大厅里三三两两坐着秀恩爱的小情侣，心下思量，我这一粗野汉子独霸一桌，到底是不衬景又讨人嫌。于是改了主意，点菜后交代服务生打包带走。

等菜间隙接了个电话，以为是临时定饭局凑人数的朋友，拿起电话就说："吃饭免谈、喝酒免谈，送钱的打我卡上。"

"老大，我是小 C，"对方呵呵笑了一阵，随即报了名号。

我却疑惑了，搜肠刮肚也想不起人生中交集过一位叫小 C 的人。问道："兄弟，你是不是打错电话了？"

"老大，你真的把我忘了。"这位叫小 C 的人似有些失落，或许带了几分尴尬，我能听见他吞咽口水的声音。

这倒使我歉疚起来，人家记得你，你却忘了人家，于我是不可饶恕的，比欠了人债务还揪心。

好在小 C 并不因此记仇，反倒循循善诱说起一些过往的典故来启发我。听了好一番唠叨，终于脑神经通电，噼里啪啦一阵火花，跳出一个久远模糊的印象。

十几年前的故事。一位做广告策划的朋友曾带了他来，说是一个公司的同事，正在合作谈一笔广告业务，让我给些指教。

日后与小 C 有过一两次喝茶的交往。若非承他今天的提醒，倒是忘了他曾问我借过五百铜钿的事。

“那时候日子的确过得不像样。”小 C 电话里解释这么多年“躲”着我，欠债不还的缘故。

“老大，把你的卡号发给我，我还你钱和利息，”小 C 语气带着惶恐，又说明，“找你电话问了好多人，找了你有两三年了。”

我忍不住地感动，五百块钱让他记挂了十几年，也算有情有义的汉子。

却倒不想要回这钱，让人牵挂十几年的交情是买不到的，于是就问他：“有孩子了吗？”

“前年生了一个女儿。”小 C 轻轻笑了笑，听得出是一个有爱的父亲。

“替我给孩子买些玩具吧。”我已经重新喜欢上这个曾在我生命中失去记忆的朋友，交代他，“有时间带来苏州，我这个当伯伯的再补见面礼。”

我是常会被人盯上借钱的，有到时还债的也有借钱之后失踪了的。我又是不会记账的人，失踪的钱和人，很快又会从我的记忆中失踪。

倒不曾烦恼钱借出去打了水漂，我自认借钱是一件极需勇气的事，事后不还，倒不该成为一个人品质的评价，有时的确是这人生活太潦倒的缘故。

曾有朋友戏谑，说若是我到政府里谋个一官半职，活脱脱就是《水浒》里的及时雨宋押司了。

我是不喜欢宋江的，总觉得快意恩仇的江湖多了个整天碎碎念招安的人，真真要憋人一肚子的气。

也并非自己多么的豪气，只是自小母亲教诲“人家找你帮忙自然是鼓了勇气，能帮就帮一把”，且又经历过家里借钱度日的关卡，自然也就能借则借了。

小的时候，父母的收入不高，两个上学的男孩加上有老人要供养，自然日子吃紧得很。母亲是好面子的人，若非“文革”期间上山下乡，让曾为官家小姐的她流落乡野，定是不可能愁于生计的。

母亲虽不曾给我们零用钱，但衣衫总归是干净不见补丁的，又要顾两个噌噌长个子的我们的营养，花销自然也大了。

拮据到实在不成样，精打细算也不够维持的日子，借钱的事再难堪也是要人开口的。往往是母亲去求人，只是不曾带着我们。

因为母亲保护我们的自尊心，当初是无法体会母亲向人开口时遭遇的难堪。只是有一次父母争吵起来，母亲让父亲去向人开口，父亲暴跳如雷又踌躇了半天，实在觉得不开这口日子无法过下去，才出了门。

我所记忆的结果是，父亲去了人家家里，串门一样跟人闲话了个把小时，终究两手空空回来。所以当时就觉得，问人借钱真的需要万分的勇气，母亲的一次次壮举，成就了我儿时苦涩记忆中的英雄。

稍大一点，我的故乡流行“标会”，几家凑在一起按月出钱，谁家需要用钱就“喊标”，喊的价钱大的人，就可以先把大家的钱拿去用，以后每月再按约定的数目还钱就是。这便是今后成就了许多浙商起家时所需资金的“地下钱庄”。

有了“标会”，母亲不用再向人开口借钱，缓解了日子的难熬，脸上也少了求人的卑微。那些年，我也曾私底下替母亲松了口气。

我一直估计自己是没有母亲的这番勇气，况且也没有得到过母亲的传授，几乎在某年某月曾险些被饿死。以后我的儿子如果问起我的伟大事迹，那个一周只吃三个馒头挣扎生存的经历，倒可以算上一笔。

曾当笑话讲给朋友听，不想招来一番数落，“你怎么不问我借钱啊？”

我无奈地耸耸肩，无辜地说：“我每天都来看你，你也没问我啊。”

不过去年倒是有个趣闻典故，跟一位颇有产业的先生聊天提起，说自己看中一个店铺想要买下来，但手头还缺 20 万。

来不及说完，这位先生方才指点江山的气势顿时萎靡下来，连连叹气自己走背运，“这两天打麻将一直输钱，都输了两三万，最近生意也不好做……”

我哈哈大笑，“老兄，我不借钱！这么多年的朋友，你看我什么时候借过钱？”

终究，我还是不会借钱。倒是与这位先生还是经常喝茶，再也没听过他打麻将输钱的故事。

六十三、异乡异客

下午和一位编辑聊天，她和我一样，都是从外地来这座城市工作的。

在谈到一个关于居住证的话题时，我和她都感叹，说我们在哪里都是异乡人。

她是个年轻的女孩子，而我已是大叔级人物，却都在外漂了许多年。

在这座城市，我们都是外乡人，所以我们都怀念在家乡生活的日子。

很多次，我们都会想，回到自己的家乡，住在自己的屋子里，听着熟悉亲切的乡音，我们就不再是别人眼中的异乡客。

奇怪的是，我们都有同样的感怀，就是在回到家乡的时候，突然发现，家乡也已不再属于我们。

年少时的玩伴已经很难找到，即便偶尔在大街上相遇，或许也是一阵诧异之后，淡淡敷衍就转身，再次见面不知何年。

父母和兄妹都是相当客气的，毕竟只是小住，相敬如宾，再难找儿时在爹娘身边撒娇或与兄妹拌嘴的记忆。

出门逛街，突然发现自己在家乡的街道上迷了路；寻人问路，猛然间脑筋拥堵，不知道那个熟悉的地名，家乡话怎么说来着。

于是我和她都自嘲，我们才是这个地球真正的过客，你看，我们从来不属于哪个城市。

晚上和朋友从酒吧出来，遇上民警查身份证。朋友是本地人，身份证递上去，看了一眼就还他了。

而我则没那么方便，那张标明了我这个中国公民全部信息的卡片，在民警手中被翻来覆去，卡片下方的一连串阿拉伯数字又在警方的数字系统里一番游走，终于证明我是一个良民。

“应老师，出来采访啊？”声音从边上传来。循声看去，是治安支队夜巡的一位民警。

此君好写作，常到我办公室，给我一篇自认很佳的大作央我刊发。

我冲他点点头，心里又在骂街，干了记者一天到晚就剩下采访这事了？

看我从他同僚的手中拿回身份证，此君又笑了，“以后把您的记者证拿出来亮亮，就不会这么麻烦了。”

我感谢他的善意，只是我原本就是一个想靠写字过上好日子的小男人，拿那玩意吓唬谁？我掏出我的身份证，我只想证明我是一个守法的中国公民。

只是，公民这个词往往抵不过某个职业令人相信你的良善。真是可悲。

这是有渊源的。

没有自己房子的时候，一直靠着租房过日子。你是知道的，那些在楼道口终日打盹的老头老太，看着像是暮色下最后的余光，一个个无精打采的样子，脑子里阶级斗争那根弦却是时刻紧绷着。

小区里谁家房子出租了，谁家住进了陌生面孔，这些老头老太一个个清楚得很，而且极为乐意颤巍巍跑去告诉片警，谁谁家住的那个陌生小伙看着就不像好人，都是下午出门半夜才回家，肯定不是干正经事的人。

我在这些垂暮老者阶级仇恨的眼神中度日如年。终于有一天早晨，派出所民警找上门来。

你知道，这段日子我当夜班编辑，凌晨 3 点才回的住所，这个时候我的脑袋里全是沉重的铅块。

我把身份证、居住证、记者证以及我的愤怒一并甩给那位倒霉的警察。可爱的警察同志答应中午管我一顿饭。他是我曾经采访的对象——一位兢兢业业干了 20 年革命工作的片警。

那天以后，楼道口的警报解除，警惕的革命老人恢复了对革命同志的友好，“记者同志去上班啊”“记者同志今天休息啊”……

上帝，给我一件隐形衣吧。

突然发现，我不但是个没有根的异乡人，而且我没有隐私，是个被扒得精光的裸体人。

六十四、遭遇“著名画家”

一位做药材生意的朋友最近迷上了字画。前段时间，他央了好几次，请我帮一位“著名的画家伉俪”做篇报道，因为对方答应给他几幅字画。

这位朋友给过我很多帮助，特别是在我报道需要救助的人物时，几乎是第一个慷慨解囊的。

却不过情面，况且对于我这样的文艺范流氓来说，去接受一次艺术熏陶也比坐在路牙子上喝啤酒看姑娘强，就应承了下来。

约了时间，次日下午，朋友带我去登门拜访。

画家夫妇六十岁出头，在老街开了一家画廊。面积不大，三十平方米左右，外间是售卖区，卖的是那种批发市场成捆批发来的名画复制品，里间是工作室，摆满了电锯、板材等物件，一问原来是做画框的。

夫妇俩端来两张塑料凳让我们坐下，又用纸杯泡了茶。叶片粗大淡而无味，加上在沸水浸润之下纸杯稀释出来的味道，喝了一口就再也不敢喝了。

我玩味着老夫妇俩给我的名片，上面的职务几乎要把名片挤爆，某某书画家艺术联合会、某某书画研究院、某某艺术发展中心，而且全部以“中国”开头，除了资深会员、高级研究员等名头外，更有意思的是，夫妇俩在某某书画家协会均担当要职，老头子是会长，老太太是常务副会长。

对于这些王婆卖瓜的职务，我一般不会去较真，就算你印个总理头衔，只要你不做违法的事，警察都懒得管你。

再看朋友却是一脸的恭敬，他显然是被这些头衔不明觉厉了。没办法，这位老兄做生意是个人精，就是没念过什么书，缺啥补啥对“文化艺术”充满膜拜的心情是可以理解的。

还没怎么问，老两口就开始背书一般争相介绍自己，大抵是自幼酷爱书画，后来得到名家指点，历经风霜酷暑几十载磨砺，终于“梅花香自苦寒来”，众多作品被著名博物馆及名人收藏。

我让他们提供些与名人的合影或者馆藏作品的图片及博物馆的名称，以此在报道中用来强化他们的“著名”。

原本兴致极高讲得唾沫星子横飞的夫妇俩，一听我这话，突然静默下来，相互望了又望。

大概半分钟的沉默后，老太太借口外面来了生意溜了出去，老头子又独自沉默了一会，随后指着我的相机把话支开了，“这样吧，我今天就现场给你们做幅画，你正好拍些照片。”

估计是怕我这人不识相又出什么幺蛾子，老头子手脚麻利地把各种工具从布满木片碎屑的台面上搬下来，在我那位有着朝圣般虔诚面容的朋友帮助下，一番折腾后，终于铺上了一块毡布，又翻出画笔和宣纸开始创作。

外面传来一阵嚷嚷，老太太正大着嗓门跟人讨价还价。朋友去外面请她也来作一幅画，“到时候一起放在报纸上做宣传”，老太太推托说这些天感冒浑身没劲，到时候挑几张平时作画的照片给我们带走。

而在里面，老头子一面作画一面对我介绍，“我这是大写意，画的是荷花，荷花出淤泥而不染，跟我和我老伴的人品一样”。

在一旁看得无趣，我掏出烟正要点着，老头子突然丢下画笔，跑到外面收银台翻出半包拆了封的中华，返回来从里面抠出一根给我。

因为抽了他的烟，我实在不好意思再打哈欠，只好不明觉厉地观赏他的创作，不时还要在朋友的提醒下拿起相机咔嚓几下。

画完荷花，老头子说要画一只蜻蜓，增加画面的动感。

因为他说是大写意画法，我没见过大写意的蜻蜓，瞪大了眼珠子准备好好观瞻一番。

谁知他却掏出手机来不停看。开始以为他是在看短消息什么的，后来凑过去一瞧，人正盯着屏幕上一副蜻蜓的国画仔细揣摩呢。

终于画完了，他又说要题字。写了“出水芙蓉”四个大字，每写完一个字都要左右看看，又拿笔在上面一些笔画上描了又描。

最后盖了印鉴，老头子长长舒了一口气，对我的朋友说：“我平时这画要卖到5000块钱一平尺，今天因为你带记者来采访，就送给你了。”

朋友千恩万谢之后收下了。老头子又很慷慨地让我在画廊里挑一些“名家作品”带走，我对这种印刷品从来就没有好感，被他用一种几乎要打起来的热情纠缠了一番，好歹谢绝了。

后来他又说：“创作很费精力，今天我就不给你画了，等报道出来，我专门给你画一幅。”

我也只有千恩万谢的道理了。

告别这对“著名画家”回到车上，我问朋友：“你跟他们怎么认识的？”

朋友说，是另一位生意场上的朋友介绍的。

我苦笑着说：“葡萄都紫了香蕉也软了，这么大年纪还装瘪犊子玩意，真够累的。”

“你说他这个画不好？”朋友十分不解，“你又不会画画，不要乱说哦。”

我实在无力辩解，对他说：“这样，给他这画拍张照片，我来找一位专家鉴赏鉴赏，假如专家说好，我就给他们写篇报道，假如不是，我建议你还是把这玩意给扔了。”

回到朋友的公司，我给“著名画家”的作品拍了照，微信给中央美院的一位老师。

两分钟后老师回消息，“你怎么越活越倒退了，怎么说你也跟我们美院的才女谈过恋爱，怎么就这品味？这玩意连业余的都算不上！”

我发了一张苦笑的表情给老师，附带文字——你们文艺圈太乱。

“你才文艺圈呢”，老师瞬间变成泼妇一枚，哈哈。

六十五、“朋友”的电话

下午去社科院找一位老师交流些话题，相聊甚欢之际，他的手机响了。

老师接了电话，很客气地与对方说：“我现在有些忙，等空下来打给你。”

挂了电话没半分钟，铃声再次响起。老师看了下号码，眉头紧蹙，正要说话，对方却已经嚷嚷起来，坐在两米外沙发上的我听得真真切切，“哥哥啊，教授哥哥，你在忙什么呢……”

老师的眉头皱得更紧了，但还是好言以待，“我真的很忙，聊天的话我们改天找时间。”

看得出他是在努力按捺着情绪，挂了电话，他对我苦笑着摇了摇头。

正要继续我们方才的话题，铃声再次响起，这回不是电话，是微信的视频聊天。从老师的表情可以看出，骚扰的人还是方才连番打来电话的老兄。

任是再好的脾气，老师也憋不住了，问我，“志刚，有什么办法让这货马上消失？”

我笑了笑说：“直接拉入黑名单！”

“我也是被气糊涂了”，老师叹了口气，直接删除了这位老兄的号码。

“您这朋友估计是喝多了”，我打着圆场。

“什么朋友啊！总共就见过一次面，说话不超过两分钟”，老师与我交谊深厚，也就不避讳什么。

他告诉我，这位老兄据说是开了家策划公司，上回参加一个产业研讨会，中午吃自助餐的时候恰好与这老兄在一张桌上，聊过两句，对方给他递了名片，他碍于场面也给对方留了电话。

“结果就是隔三岔五电话轰炸”，老师把手机扔到桌上，一脸郁闷，“不管你是在工作还是开会，他只要来兴致了就给你打电话，要跟你视频，真要是有事情也就罢了，天天就是哥哥我想你了，哥哥我请你喝酒这些乱七八糟的玩意。”

最后，老师也忍不住来了一句国骂，“老子又不是同性恋，一个大老爷们天天说想你，你说我恶心不恶心？”

其实，有这般苦恼的何止这位老师呢。此类奇葩我也曾遭遇，现在一不小心想起那些往事，胃里就是一阵不爽。

因为工作的原因，我几乎都会给采访对象留下联系方式，一来便于了解事件进展，一方面也是为了培养更多的信息员。但后来渐渐发现，不加区别的给人留电话，往往令你苦不堪言。

我曾采访过一个小伙子，因为他是某起新闻事件中的主角，采访完之后就给他留了电话。

奇迹由此开始，不知道出于什么样的想象力，他开始把我当作超人，几乎每周都要跟我“汇报”三四次，要么是失恋了找我倾诉，让我帮他找个“有文化”的女朋友；要么是家里不肯给钱让他去干大事，让我跑他家去做他父母的工作；发展到后来，他跟我说：“我帮你天天盯着镇里面所有干部的行踪，你给我一千块钱一个月。”

烦不胜烦，这些无厘头的电话打来时，要么我在工作要么我在睡觉，而且不依不饶，你要是不接他能把电话给你打爆。

即便把他拉进了黑名单，隔了一天，他居然又换个号码来找你。有一次忍不住发了火，他还很委屈，“我把你当大哥，你没拿我当兄弟！”

这样的骚扰让我几乎要疯掉。无奈之下，只好让一位在当地有些威望的朋友去给他做做工作。好了，终于不再骚扰你了，却给我发来一条短信，说：“你当记者就是为老百姓服务的，你现在不但不给老百姓服务还用权力欺压百姓，我真的对你们记者失望了……”

荒诞剧里才会上演的狗血剧情在我的生活中真实发生着，真不知道我该笑还是愤怒。

和老师临别时，我们同病相怜地互相提醒，“以后一定记住，千万别随便给人留电话。”

六十六、不要在拿工资的地方玩手机

前两天我出台了一条规定：严禁在单位内部玩手机、打瞌睡和睡觉。

弟兄们问："老大，休息时间都不可以吗？"

我点点头，没有他们期待的那种脸上装内心嘻哈的表情。

自认我还算一个开明的人，你可以假装在外采访，实际在家睡觉喝酒；你可以找借口大姨夫来了，我特批你几天假期。

我允许你编造乱七八糟的借口来蹭假，反正到了月底没有绩效工资，喊破嗓子也只能换我朝你屁股上踹一脚。

但是，在拿工资的地方，你不可以玩手机打瞌睡。

有人问，你们媒体都是文化人待的地方，本身就是崇尚自由的，干吗要有这样的清规戒律。

我说去你的，别把文化人抠脚丫子的味道当作仙气好不好？

知道会有很多的抱怨或者私下的愤怒，那么请你耐住性子听我给你讲一个故事。

前不久去乌镇游玩，从东栅出来天已渐暗，周边的饭店客满爆棚。唯独正对景区大门的一家饭店无人光顾。

店内灯光明亮，透过落地玻璃窗，餐桌上的瓷碗洁白的耀眼。装修很有特色，墙饰是我极为喜欢的月牌女郎招贴画，点缀着小清新的植被。

欧式风格的木桌木椅，顶上手工藤艺的鸟巢式吊灯直直垂下来，即便只是进去坐坐，也颇为惬意。

真心纳闷了，何以周边一些装饰破败，甚至餐桌油腻的小饭馆都有人排队等着翻台，这么个绝佳去处倒无人光顾？

难道是菜肴的价钱不公道？

游玩了一天早就累得不想动，让我去排队？我现在就躺地上打滚给你看！

况且我这人一旦出去游玩是不计较成本的，心想着点两个菜即便被宰得放血，也不至于掏空荷包。

主意既定，便抬步入内。

对于我的光顾，店内的人似乎很惊讶，他们愣愣地注视了我将近十秒钟。

但有客来，自然是要尽到礼数的，原本散坐在各处的七八位男女，又都恍然大悟一般齐齐站了起来。

原来是有分工的。

有一位女孩子拿着菜单上来，甜甜地介绍："先生，我们这里的特色菜有……"

另一位女孩端了茶水过来，轻放在我面前，细声细气道："先生请用茶。"

点完菜，两位戴着白色高帽身着厨师工作服的大汉连忙往厨房走，其中一位还回身问我："先生，牛蛙要不要去皮？"

我更纳闷了，服务没有问题，菜单上显示的价格与普通餐馆没多大区别，厨师也很专业，因为老吃货更喜欢带皮的牛蛙肉。

等到菜上来，我尝了几口，感觉手艺也不赖。

但为什么啊为什么，难道这家店只出现在我的幻觉里？

其实在等菜的时候我一直在观察，并非没有客人在店外驻足观望，只是看见客人犹豫表情的，只有我一人。

因为，忙完对我的接待后，所有人又回到了我进来时的状态，要么三三两两聊得唾沫横飞，要么拿着手机，脑袋对着裤裆发狠，没有一位的眼睛，哪怕偶尔瞧一瞧外面的动静。

这太糟糕了！我心里替老板着急，明摆着这样工作状态的员工，既装点不了门面，又影响食客对于这家店的判断：一个个闲得蛋疼肯定是生意不景气，为什么不景气？肯定是菜死贵！狂难吃！服务太差劲！

憋着气吃完饭，感觉有些胃疼，正打算抽根烟再走，一位打扮时髦的中年女子，端着一盘西瓜过来，问我："吃得还好吗？"

我笑着点点头。后来她递给我一张名片，一问才知是老板娘。

吃着她赠送的西瓜，我到底没憋住，悄声说："员工怎么一直坐着玩呢？没事做装装样子也要表现很忙，不然哪会有客人呢？"

结果老板娘叹着气说了一句话，让我后悔得满地找吐出去的话。

她说："没有生意嘛只能让他们玩了，餐饮行业难招人的，我就养着他们，等到哪天生意好起来了，他们自然没空玩了。"

好吧大妈，你就当我贱好了。

我想，这位喜欢做慈善的大妈，永远也不会等来奇迹。

但是，我不希望这样凄凉的结局发生在我的身上。

我说弟兄们，我不希望因为我们自身的门面不干净，因为我们"文化人散漫自由"的"标签"，导致最后我们只能耻辱与共！

六十七、捡到一条狗

我已经找了它两天。

在它离开我的第二天清晨，曾有人看见它在我家门口徘徊。

想来这一夜，它是挨着秋冻在外游荡。

只是我再没见过它。

它是一条狗，从它蹲着撒尿的姿势，我揣测它是条母狗。

它并非我的狗，确切地说，如果我有足够的耐心，它或许会成为我的狗。

在几个小时内，我把它的名字从旺财改为来福，最后定名为狗肉。

狗肉是我傍晚在外散步时拐回来的。

开始的时候，它在车来车往的大马路上，张皇地躲避车流，我对它吹了声口哨，它愣了一下，迟疑着向我走来。

那时候，我正在穿越斑马线。

我蹲下来想去摸它，它警惕地避开了，站在三米开外注视着我。

它犹豫着对我摇了几下尾巴，我相信它对我开始有那么些依赖。这样带着戒备的信任让我有些微感动，我帮它拦下了丝毫没有减速想法的车辆，跺了跺脚，赶它过了马路。

在步行道上，它依旧警惕地与我拉开几米的距离。

我就不再搭理它，自己向前慢慢走路。

天已经暗下来，路灯将我的影子拉得长长的，一个小小的影子，在我的影子里忽隐忽现，我知道，它一直跟着我。

如果不是一个老女人牵着条大狗路过，对着它乱叫了一通，我相信它会一直跟着我回家。

它躲进了一处政府大院里的灌木丛，我进去找了一圈，没找到。

门卫曾跑出来呵斥着驱赶我，我干脆站在院里点了根烟，问他："要你在这值班干吗用？没见过我啊？"

他连忙对我点点头，连声说："不好意思，不好意思！"

我对他挥挥手，他就回门房去了。

因为相信它还会出现，我溜达了一圈后回家，想找些食物来喂它。

翻遍了冰箱只找到一块肉松月饼，连忙揣兜里再回去找它。

果然，老远我就看到它在大院外的路灯下转悠，我吹了声口哨，它抬起头一愣，随后撒开腿向我跑了过来。

还是三米的戒备距离，我掏出月饼扔给它。

它上前嗅了嗅，对我摇了一阵尾巴，叼了月饼大口嚼着。也许是月饼太干噎住了喉咙，它又重新吐了出来，却怕会突然消失一样，接着吞回嘴里。

"慢点，你饿死狗投胎啊？"我骂它。

它还是用劲甩着尾巴，头都不曾抬一下。

吃完月饼，它跟我的戒备距离缩短到一米，我上前想摸它，它就往后退。

我骂了一句，自己坐在路牙子上抽烟。

抽了一半，它自己跑过来在我腿上蹭了蹭，我顺势拍了拍它的脑袋。

然后，它就像突然受了惊一般，“唰”地站了起来，“噌”地蹿出老远。

我扔掉手里的烟再不搭理它，站起来自己回家。

进了小区大门，有人跟我打招呼，“刚养的狗啊？”

我一愣，低头一看，它站在脚后跟朝我晃尾巴。

到了楼洞口，有邻居端着碗下来倒骨头，看见它就丢了一块扔过去。

它嗅了嗅，抬眼看了看我，撇下骨头回到我边上。

见它想吃又怕被毒死的奔样，我就去把骨头捡了过来。

它的尾巴摇得几乎要扬起漫天的灰尘，我把骨头送到它嘴边。这货一口叼了去，嘴里发出咕咕的欢愉声。

“你家的狗啊？”邻居问。

我摇摇头，说：“路上骗来的。”

边上正在商量国家大事的两个中年男人，把它好好打量了一番。

一个说：“这狗还挺壮的。”

另一个接腔，“扒了皮没多少肉。”

一个又说：“这天吃狗肉会长疮。”

另一个附和：“是要等天再冷一点。”

我说“滚你们的，信不信老子打你们！”一人一脚打赏。它跟在我后面进了家门。

老婆见了它也喜欢，讨好地蹲下去唤它，它瞄了一眼径直贴在我脚边蹲下来。老婆又去倒了杯水喂它，这货想必是渴极了，这回没再征询我的意见，顾自喝了半杯。

然后，它就成了老婆嘴里“你的跟屁虫”，我去上厕所，我去倒垃圾，它就一直贴着我的脚寸步不离。

我从椅子上站起来拿书，它原本打着盹，也“噌”地站了起来，低头一看，还用前爪揉着眼睛打着哈欠。

等它重新趴下闭上眼睛，我晃了晃腿，跟它说：“走，我们去咬人！”

它条件反射似的站了起来，见我没动静，歪着脑袋打着哈欠不解地看着我。

后来，我想带它去小区的游乐场转悠，想着不要吓到小朋友，就去找了根绳子想把它套住。

才打了结往它面前一晃，它整个身子的毛都竖了起来，我唤它过来，它迟疑着往我靠近了一点点，我伸手去按它脑袋，一面把绳套往它脖子上送。

它很不满意地大叫了一声，飞快地蹿了出去。

我也很不满意它的表现，于是又坐下来喝茶看书。

大概过了半小时，没听到它的动静，出去寻找，连根狗毛都不见了。

那一晚我找遍了小区的角角落落，也循着它跟我回家的路线来回走了两圈，它终究是不见了。

我再也没见过它。

但是我又不禁记挂它。

不知道为了什么，这两天我不想去上班，不想写字，不想吃饭，甚至不想睡觉，我总感觉它躲在哪个角落默默地恨着我，或许，它也在等着我去找到它。

我一直后悔自己的鲁莽，我应该再给它一点时间来完全接受我，我太骄傲于自己内心的善良，却忘了它是一个受多了惊吓的流浪者。

后来我又在想，这么多年来，我曾丢掉过许多的朋友，那些曾经亲密无间形影不离的人，当我回头再想把他们找回来的时候，这才知道人海茫茫早已是各自天涯。

其实我应该明白，人也罢、狗也罢，万物生灵都活在缘分里，缘起缘灭都是劫数。

如此，便也释然了。

六十八、非典型狗

去年夏天捡了条狗。

家里人都逐渐接受了它的存在。

我唤它来福，因为它是彻彻底底的一条中华田园犬，故此按照传统取名：儿子喊它狗石，因为有时候它趴在草丛里像一块石头；妻子喊它傻狗，因为它经常追着蹬三轮车收破烂的人吠叫，喊破嗓子也不回头。

此狗患有严重的公主病，夜晚睡觉必定要躺在沙发上，任凭你怎样驱赶，顶多对你摇一通尾巴，管你河东狮吼还是皮带抽得山崩地裂，它只管闭眼睡觉。

吃饭比谁都积极。一到开饭的点，必定举着爪子挨个到家人脚跟处挠上一阵，或干脆拿身体来撞。

一家人坐下来，饭碗刚刚端起，它又用爪子在所有人的腿上踢打不休，直到其中一人丢骨头或者肉块给它。

正经给它吃食，必定要来回嗅上一阵，以防对它下毒。

此外，残羹剩饭不吃，闻都不闻，宁可饿死也不失狗节，直到你端出整块的肉或者带肉的骨头。

此狗还会记恨。

开始带回家时，因为浑身肮脏不堪，家人很是嫌弃。此狗便只认定我一个，我去哪它跟到哪，我给它吃食方才张嘴。

后来，家人百般对它好，拿肉喂它，在保持了一个月时间的矜持后，最终才勉强接受了我的家人，见了面也会摇头晃尾。

后来，我不再担负喂养它的责任，又因为它追着人咬，被我用土疙瘩打中了一次脑袋，至此对我敬而远之，始终保持两米的距离，一旦狭路相逢，它一副惹不起躲得起的姿态，麻溜退到一旁，保持弧形战术以便随时开溜。

最有个性的是，小区狗多，若是家里人在场又肯为它架势，遇见比它小的狗，绝对上去欺负没商量，一旦遇到大狗或者有着强烈节操的同类，只要做出攻击的姿势，它就会立马调转身子，一边哀号一边往家的方向逃窜。

不过，纵然它有诸多不良，却实在是一条看家的好狗。

白天，它必定跟着妻子到我家的羊绒衫工坊上班，无论风霜雨雪还是晴空万里，誓死追随女主人。

有顾客到来，它必定先以低沉的呜咽声，警醒客人“别拿我当空气，站着别乱动，乱动就咬你”，等到辨明的确是来做衣服的主顾，这才正式亮相，从不易被人察觉的角落出来，围着客人摇晃上一阵尾巴。

但如果没有家里人送出门，客人手里又拿了点什么，它就会浑身毛发竖立，冲出来对着你狂吠不止。

我一直以为，它也就是那么一条有些非典型狗格分裂症的流浪狗，包容且欢喜地收养着它。

直到昨天，一位客人的一番诉说，让我彻底对它的狗生观有了别样的理解。

客人进来时，先是惊奇地对它左看又瞧，又唤它“贝贝”。

这货一开始也愣了一下，但瞬间燃烧起来的热情，又迅速从它的眼里暗淡下去，漫不经心地晃了几下尾巴，把脑袋埋在肚子里继续睡觉。

客人说她认识这条狗。

此狗本名贝贝，刚断奶时被客人家的亲戚抱养。家中有一男孩对它宠爱有加，每天带它玩耍、洗澡，夜晚抱着它坐在沙发上看电视，偶尔也会带到床上一起睡觉。

一年之后，主人家乔迁新居，担心这货毛发掉落家中难以清理，故此在门外搭了狗窝，命其不得进入家门。

曾受尽千般宠爱的此狗顿感寥落，内心感叹狗生起浮难料，生发离家之念。接连两天被关在门外之后，自此离家出走，游荡在寥廓的天地之间，靠捡垃圾为生，誓死不回家门。

纵然家里人百般召唤它，却是人狗缘已尽、情已断，任凭主人家痛哭流涕表示痛改前非之心，此货再不曾正眼看过主人一眼。

听完客人的叙述，我一阵心潮澎湃，这么一条狗，挨我一枚土疙瘩之仇以后，竟然没选择弃我而去，也算给了我十足的面子。

我该当日日供肉，夜夜为它祈福，方才对得起它留宿我家沙发之恩。

自此，此货又有了一个一家人统一了口径的专属爱称——二货！

六十九、苏州爱情故事

当清晨的第一缕阳光打在湖面，我依着窗台看湖鸥飞翔，远方的农舍，隐隐传来公鸡打鸣的声响。

湖岸的芦苇挂着亮晶晶的露珠，旭日的映射下，仿似睁开了一只只眼睛，打量着这个开始苏醒的世界。

我侧转身去，你睡得依旧香甜。

踮起脚，悄悄开了屋门。电梯间静悄悄的，多数居民还在睡梦中。

我拎着一只藤篮，那是集市上一位老奶奶亲手编织的，里面放着保暖壶，盖了一条青花布艺的棉搭子。

楼道的值班间，值夜班的保安对我轻轻点头，笑着说："先生，又为太太去买豆浆了？"

实际上他是明知故问，这样的早晨，他是每天都遇见我的。

小区的外面有座百年的小桥，一汪碧水从桥下蜿蜒而过，老民居该有上百年的风霜了吧，早起的居民正忙着在河埠头浆洗。

偶尔，有一条鱼跃出水面，一阵涟漪洋溢开来，涟漪的两头，相熟的居民互相打着招呼。

集市已经像开锣的戏场，喧嚣着各样的吆喝声，我直奔大饼油条店而去。

“两副大饼油条，两碗豆浆，不加糖！”伙计吆喝着，往我的暖壶里注入纯白的豆浆，大豆的清香弥漫了整条街巷。

这里是苏州相城区黄桥街道的三角咀，天气晴朗的时候，能够望见远山的虎丘塔。

回去的时候，你已经醒了，却赖在床上，因了我“独自离家出走”，你要赖要我给你补偿。

我亲吻着你的额头，熟悉了十年的气息，让我感觉到了人生的安详。

“明天我去买早餐，你多睡一会”，你心疼地抚摸着我的脸，我知道胡磕子已经疯长了一夜，可是没办法，就是喜欢为你去买早餐时路边的风景。

餐后，离上班的时间尚早。我牵着你的手向小区外的公园走去。

你依旧像个怕迷路的小姑娘，把手放在我的手心，我反扣了手背与你十指相握，再也不惧今天会有怎样的风雨。

野鸭子一群群从湖面飞过，偶尔又钻入湖心，一段静默的时光，看它们在百米外接连探出脑袋。

晨练的人们三三两两从身边经过，我总是好奇你的身材，见到美食挪不动脚的一个吃货，怎么不见你胖起来。

“知道吗？幸福是最好的保养剂”，你赖在我的身上，要我背你去“巴厘岛”。

那是一片湖岸的沙滩，有棕榈树和茅草屋，有风的日子，泊在水里的游艇摇来晃去，像是儿时睡过的摇篮。

天已经渐渐入冬，芦花在波光中摇曳着栗色的穗子，披了一身红装的水杉，顾自欣赏着水中自己的倒影。

总会有那么一丝的惊喜，小径草丛里，竟然有一丛张开粉紫色小喇叭的牵牛花。

你摘了一朵戴在发髻里，小女儿似的缠着我，非要我大声唱，“姑娘十八一朵花！”

晨练的人越来越多，人群开始发生转换，一拨拨老年健将渐渐替代了呼哧呼哧挥汗的青年。

我知道，上班的时间快到了。

往家走去的时候，你用手遮挡金晃晃的阳光，侧着身问我，“你看没看见我们家的窗台？”

我努力睁着眼望去，却是徒劳。

摇了摇头，你不满地打了一下我的手臂，轻怨道：“难道你没发现今天我换了窗帘吗？”

“难怪！”我恍然大悟，从街上回家时，你故作慵懒又带点小小紧张的神情。

“你真笨！”你举起手轻点我的脑门。

我不好意思地挠着头，觍着脸问你，“我这么笨，你嫁给我委屈吗？”

你看着我，看着我，踮起脚在我的嘴唇留下一个吻，恍同当年在夕阳下，在这三角咀的芦苇丛，听我为你许下诺言的那刻。

“亲爱的，谢谢你兑现了你的承诺！”你竟然眼眶泛红。

我怎么忍心你这样呢，把你紧紧拥入怀中。有风轻轻吹起，我仰视着前方的一栋栋高楼。

那里，有一间房子是我们的家！

家里有爱人，有爱情！